麻麻亮的天

杨崇德

百花洲文艺出版社
BAIHUAZHOU LITERATURE AND ART PRESS

图书在版编目(CIP)数据

麻麻亮的天 / 杨崇德著 . —南昌:百花洲文艺出版社, 2013.10 (2018.12 重印)

(微阅读 1 +1 工程)

ISBN 978 -7 -5500 -0792 -5

Ⅰ.①麻… Ⅱ.①杨… Ⅲ.①小小说—小说集—中国—当代 Ⅳ.①I247.8

中国版本图书馆 CIP 数据核字(2013)第 252401 号

麻麻亮的天

杨崇德　著

出 版 人:姚雪雪
组稿编辑:陈永林
责任编辑:赵　霞
出　　版:百花洲文艺出版社
发行单位:全国新华书店
印　　刷:湖北画中画印刷有限公司
开　　本:700mm×960mm　1/16
印　　张:12
版　　次:2014 年 2 月第 1 版
印　　次:2018 年 12 月第 3 次印刷
字　　数:128 千字
书　　号:ISBN 978 -7 -5500 -0792 -5
定　　价:29.80 元

赣版权登字:05 -2013 -347

邮购联系:0791 -86895108
网址:http://www.bhzwy.com
图书若有印装错误,影响阅读,可向承印厂联系调换。

前　言

以“极短的篇幅包容极大的思想”，才能够以小胜大，经过读者的阅读，碰撞出思想的火花，震撼人的心灵。正因为这样，微型小说成为一种充满了幽默智慧、充满了空灵巧妙的独特文体。

如果说在二十一世纪的头一个十年，是互联网大大改变了我们的生活，那么在我们正在经历的第二个十年里，手机将更为巨大地改变我们的生活。如今，以智能手机为平台，正在构成一个巨大的阅读平台。一种新的阅读方式正不知不觉地走进大众的生活。一个新的名词就此产生，它便是“微阅读”。微阅读，是一种借短消息、网络和短文体生存的阅读方式。微阅读是阅读领域的快餐，口袋书、手机报、微博，都代表微阅读。等车时，习惯拿出手机看新闻；走路时，喜欢戴上耳机“听”小说；陪人逛街，看电子书打发等待的时间。如果有这些行为，那说明你已在不知不觉中成为“微阅读”的忠实执行者了。让我们对微型小说前景充满信心和期待的是，微型小说在微阅读的浪潮中担当着极为重要的“源头活水”。

肩负着繁荣中国微型小说创作、促进这一文体进一步健康发展的责任和使命，微型小说选刊杂志社推出了“微阅读1+1工程”系列丛书。这套书由一百个当代中国微型小说作家的个人自选集组成，是微型小说选刊杂志社的一项以“打造文体，推出作家，奉献精品”为目的的微型小说重点工程。相信这套书的出版，对于促进微型小说文体的进一步推广和传播，对于激励微型小说作家的创作热情，对于微型小说这一文体与新媒体的进一步结合，将有着极为重要的作用和意义。

编者

2013年8月

目　　录

鸡　人

周六晚上，霍元彪正在洗澡，房里的手机响个不停。霍元彪老婆推开浴室门，对霍元彪说："你有电话来了。"满头泡沫的霍元彪摊着满手泡沫说："是谁打来的？"霍元彪老婆说："没有显示名字，是个陌生号码。"霍元彪就一边继续洗他的头，一边说："不接！他妈妈的，物业管理公司那帮鸟人，把我们这些集资建房户的手机号码全都卖出去了，这半个月来，每天都有人打电话，推销瓷砖的，推销水龙头的，推销抽水马桶的，烦死人了。"

霍元彪正在搓身子，手机又响了。还是那个号码。霍元彪老婆说："你到底接不接？吵死人了！"霍元彪用干毛巾擦了擦手，把手伸出来。霍元彪刚要说话，里面的人就发话了，那人说："霍科长吗？在忙什么？连电话都不接了，你也真是的。"霍元彪一时听不出那人是谁，正犹豫，那人又说："我是运营部的秦沧海呢！"霍元彪这时反应过来了，那声音确实是运营部的秦沧海。这个秦沧海虽然与霍元彪不在一个部门，但霍元彪还是对他多少有点印象。秦沧海在运营部具体从事什么工作，霍元彪不知道，他只知道这个秦沧海好像活得十分洒脱，两只手腕都戴了佛珠，脖子上还圈了一根金链子，喜欢穿休闲服，抽烟也很讲究，烟雾吐出来时，足有四十厘米长，他好像没有任何职务，一年半载也很少碰见他，也从不参加刘白龙局长组织的任何提拔活动。霍元彪说："哎呀，是秦总呀，有什么好事？"秦沧海说："别在我面前秦总秦总的，就叫我沧海吧。对了，找你有件事告诉你。"霍元彪一边抓自己的屁股一边说："什么事？你就说吧。"秦沧海说："刘白龙局长的爹死了，你知不知道？"霍元彪说："什么时候死的？"秦沧海说："两个小时以前。"霍元彪说：

"多大年纪了?"秦沧海好像有点嫌霍元彪问得太多，直截了当地说："你到底去不去?"霍元彪说："在哪?"秦沧海说："当然是在宜州呀。刘白龙局长是宜州人，9月14号，我们在江南帝豪大酒店给他爹作了七十四岁生日，难道你没去?"霍元彪想了想，终于想起来了，他说："9月14号，我在北京参加一个封闭式培训呢。"秦沧海说："怪不得我到处联系你，就是联系不上。刘局长的爹在那次生日后的第三天就病了，只好送回老家，不到一个月，就这样了。"霍元彪全身冷得有点哆嗦，他说："我人就不去了，封一个礼吧。"秦沧海说："封多少?"霍元彪说："四百怎么样?"秦沧海说："兄弟呀，你如果人去了，光路费就不止四百呢。"霍元彪说："那就五百吧。"秦沧海又提示说："那就等于你人去了，只封一百的样子。"霍元彪经他这么一提示，又报了个数："那就八百吧。"秦沧海说："好呢，我现在在办公室，你是把钱送来呢，还是由我暂时垫付?"霍元彪想到自己刚洗完澡，再跑去办公室，来回又是一身汗，回来还是要洗澡，于是说："那你就给我垫付吧。"

霍元彪在浴室里通话时，霍元彪老婆张着耳朵在门边听，越听就越不高兴。因此，当霍元彪出来时，他老婆说："上次我舅舅死了，你只封五百，现在这个刘局长的爹死了，你却要封八百，我看你是吃错药了吧!"霍元彪没想到老婆会这么说，只好解释说："那不一样的。"霍元彪老婆说："有什么不一样?你跟我说说，到底是我舅舅亲呢，还是他刘局长的爹亲?他刘局长对你有什么好?啊?提拔三次人了，你连第二轮都没进过!"霍元彪说："你怎么能这么说呢?"霍元彪老婆说："我就是要这么说，怎么了?"霍元彪老婆好像有点受委屈，她擦着眼泪跑进了房间。许久，霍元彪老婆在里面说："你爱封多少，就封多少，反正，我也不管了，这个家由你支撑，我只跟着你吃就行了。"霍元彪穿着三角短裤推开房门，他讨好老婆说："算了，别生气了，就算我这八百元被小偷扒了，好不好?"霍元彪一边穿衣服一边开导老婆说："你想想，要是刘白龙局长的爹活到八十四岁，他还有十年，如果刘白龙局长在我们江南还交流四年，那八百元显然是应付不了的，这样一想，我们也亏不了多少，再说，他早一点死，我们江南分局的职工们就少一点开支，你应该为刘局长爹的死感到高兴才是!"霍元彪老婆此时的脸色不那么难看了，她挤着笑出了房门。

深秋的一个傍晚，霍元彪正陪老婆在双龙公园散步。手机响了。是个陌生电话。霍元彪此时不担心什么推销瓷砖的了，因为他的新房已装修完工。但霍元彪还是不打算接这个陌生电话，他对老婆说："是接还是不接?"老婆说："关我屁事。"霍元彪就接了。才两句话，他就知道对方是秦沧海。秦沧海说："兄弟呀，在哪?"霍元彪说："在外面散步呢。"秦沧海说："告诉你一个天大的喜讯，蔡副局长的公子当父亲了，生了个八斤重的小子，这个星期六，他准备在帝豪大酒店为这小子摆宴，请你喝杯喜酒。"霍元彪说："好的，好的。"霍元彪寒暄几句就挂了电话，骂道："他妈的，瞧他那心情，好像那小子是他的种。"

春节前夕，霍元彪正排着长队买回老家过年的车票，正准备掏钱时，他的手机响了。他"喂"了一声，里面的秦沧海就说："兄弟呀，郭副局长的小舅子后天结婚，请你喝一杯，地点同样在帝豪大酒店，你可要去哟。"霍元彪还想"喂"上两句，里面的售票员说："给钱呢，一共628。"霍元彪隐隐听到后面的排队者在发牢骚："买票还打什么电话啰，真是的。"霍元彪想发脾气，但他又忍回去了。他怕自己如果真的发了脾气，全然不是那帮排队人的对手，弄不好，他会吃不了兜着走。

奔出汽车站，霍元彪毫不犹豫地将秦沧海那个手机号设定为限制呼入。

霍元彪一家三口正为明天回老家过年打理行头，楼下就有人喊。霍元彪把头伸出去，见是传达室的孙老头站在下面。霍元彪望着楼下那个正在抽烟的孙老头，用手指了指自己，孙老头说："是的，是喊你呢，传达室有个电话，找你的。"霍元彪砰砰砰地下了楼，直奔传达室。刚握住话筒，里面的秦沧海就说："你这个霍元彪呀，是不是换号码了?"霍元彪说："没有呀，13312341234。"秦沧海说："那我为什么老是打不进呢?"霍元彪就想到了他打不进的原因，笑呵呵地说："兄弟呀，有什么事?"秦沧海说："你还有心情笑呢?"霍元彪说："怎么了? 快过年了，高兴呀。"秦沧海说："你难道不知道?"霍元彪说："知道什么呀? 我正在家里打包，明天准备回老家呢。"秦沧海说："郭副局长被检察院带去了。"霍元彪说："啊?"秦沧海说："你也不要啊了，赶快到郭副局长的

父母家去一趟，安慰安慰那两位老人。”霍元彪有点迟疑。秦沧海说：“快过来呀，郭副局长的父母住在人民路234号王府花园9栋18房，局里很多人都去看了。”霍元彪吞吞吐吐地说：“要封礼吗？”秦沧海说：“当然要封呀，而且这个礼就更加特殊了，我个人认为，这是考验一个人是真封礼还是假封礼的时候了。”

霍元彪放下电话，他在反复考虑：要不要跟老婆说起这件事呢？

患　者

早晨8点过10分，一位穿油绿色医疗服的青年男医生走进502病室，他对患者说："赶快把头发剃光，上午10点半，准备动手术。"

患者老婆正在给患者做头部按摩。患者一把撩开老婆的双手，一骨碌爬了起来，异常激动地说："太好了！终于轮到我动手术了！快把我扶出去！"老婆一边扶患者下楼，一边用手机通知患者的弟弟。医院对面理发店那个青年小伙热情地将患者扶到理发专用座椅上，然后就去磨剃刀。患者惊讶地说："你怎么知道我要剃光头?"店小伙说："我一看你行动不是很方便，又是这个时候进来，就知道你要动手术了。"患者两只眼睛睁得老大，尔后说："是这样的。"店小伙移来一个脸盆架，端了一盆温水，给患者洗头。店小伙手里那把雪亮的剃刀在患者头上走了一个来回，一大块黑白相间的头发纷纷滚落下来，患者脑袋上那座杂毛似的小山仿佛被人垦出一条崭新的路，里面露出白生生的头皮。患者一边接受店小伙毫无忌惮的开垦，一边吩咐老婆快去做准备。老婆刚出店门，又被患者喊了回来。患者伸出右手，中间三根指头弯曲着，大拇指和小指翘了起来，然后又用右手掌做成一把手枪，向老婆亮了亮。店小伙说："你这是干什么?"患者说："没什么，没什么。"店小伙差不多剃光了患者半边脑袋，最后说："是在准备红包吧。"患者吃了一惊，说："你怎么知道?"店小伙说："现在都是这样，动手术一定要打红包的，好像当官一定要送礼一样。"患者如释重负地说："是这样的。"店小伙手里的刀飞快地削开患者另外半边头发，一撮撮毛发顺着患者的脑袋滚下来。老婆从银行那边回来时，患者已被修整得像个和尚。

患者弟弟气喘吁吁地从外面走进来，患者老婆正协助护士将患者扶上手术推床。患者一把抓住弟弟的手说："跟我来，有话对你说。"老婆和弟弟一起推着滚动推床，在护士的引导下，进了电梯。到了五楼，沿着长长的走廊，患者被推到了手术室门口，很快又被扶进了更衣室。患者要求护士们出去，然后将老婆和弟弟叫了进去。患者对老婆说："你取了多少？"老婆说："4500。"患者失望地说："少了，肯定少了！"患者然后又问弟弟："你身上带了多少钱？"弟弟两只手在衣袋里翻了一阵，翻出512块8角。患者说："还是不够！"弟弟说："那我去银行取。"患者说："来不及了，你赶紧给我弄一支笔和一张纸来。"弟弟溜了出去，他找到了门口把守的那位护士。护士得知他要纸和笔，催促着说："衣服换好了没有？马上要进去打麻药了，还要笔和纸干什么？"护士马上又想到了病人可能是要立遗嘱，因而就配合性地给他找来了笔和纸。弟弟把笔和纸交给患者。患者将纸摊在窗户的玻璃上，昂起他的光脑袋，很快就写好了一张条。然后，患者要老婆把4500元钱和早已准备好的6个红包拿出来，又从弟弟手里接过他身上仅有的500元钱，转过身，在一旁封红包。护士推开门说："你怎么还没换好衣服？要进去打麻药了！"患者说："就来了，就来了！"封好6个红包，患者开始换手术专用服。很快，患者就被送进了手术室。

麻醉师正准备为患者实施麻醉。患者爬起来说："你这要干什么？"麻醉师说："给你打麻药呀，不打麻药，你会受不了的。"患者从内裤里抽出一个红包，企图交给这位年轻的麻醉师。麻醉师说："你这是干什么？"患者说："你就不要客气了，快收下吧！"麻醉师说："我不能收病人红包的，你不要这样。"患者说："你不收，你就是在害我！"麻醉师说："我怎么是在害你呢？"患者说："你不收，我怎么知道你打的麻药是否适量？我早就打听过了，动手术，麻药是关键，麻药不适量，麻醉不到位，会痛死人的。"麻醉师说："请你把红包收回去好吗？我会尽职的。"患者说："当然不好！你如果不收，我又怎么知道你尽职了呢？你不收红包，我就拒绝打麻药，你要是硬来的话，我就告你乱打麻药！告诉你吧，上次我有个亲戚在这里动手术，因为没有给麻醉师打红包，手术没做完，他就痛得喊爹叫娘，他说他一辈子都忘不了手术刀切肉那种感觉。我可不想这样！"患者在麻醉师没收红包之前，一直固执地坐在手

术台上。麻醉师没办法，只好将他的红包接过来，插入衣袋。麻醉师准备给患者实施麻醉，患者又拒绝了。麻醉师说："这又怎么了?"患者说："我还有事没办完，当然不能麻醉!"麻醉师说："你还有什么事? 快一点吧。"患者说："今天给我做手术的有几位副刀医生?"麻醉师说："两位。"患者又问："像我这种手术，一般有几位护士在场?"麻醉师说："至少两位。"患者自言自语地说："差不多了。"麻醉师要给患者实施麻醉。患者再一次拒绝了。患者要麻醉师把两位现场护士叫进来。麻醉师摇着头出去了。不一会儿，一高一矮的两位护士刚进来，她们就看见患者正在内裤里掏家伙，好在护士对人体的每一个部位都看麻木了，她们也就没有太大的惊讶。她们看见患者从内裤里抽出两个红包。患者说："辛苦你们两位了，一点意思，不成敬意。"矮个子护士说："你这是干什么? 我们不收红包的。"患者说："麻醉师都收了，你们不收，你们到底是什么意思? 难道你们想在我动手术时做手脚?"高个子护士说："不会的，绝对不会，我们怎么会干那种事呢?"患者说："你们不收，我怎么知道你们不会干那种事? 告诉你们吧，上次我有个同事到这里动手术，护士躲在一边打瞌睡，结果耽误了输血，抢救无效，死了。"两个护士对视了一眼，一前一后地领过患者给她们的红包。护士快要出门时，患者说："请你们把两位副刀医生叫进来。"几分钟后，一肥一瘦的两位副刀医生进来了。他们对这台手术的前期工作大为吃惊。因为患者并没有躺在手术台上昏昏欲睡，而是光着脑袋站在窗户边数他手里的三个红包。患者说："你们两个来得正好，一人一个，你们一看我就应该知道，我不是那种很富有的人，但我知道我该怎么配合你们做好这台手术。"肥肥的副刀医生说："你这是什么话?"患者说："感谢的话呀，一点小心意。"患者将一个红包递给肥肥的副刀医生。瘦瘦的副刀医生说："我们不能收红包的。"患者说："你可千万别这么说，难道你们想害死我?"两位副刀医生异口同声地说："这怎么可能呢?"患者说："你们不收红包，就完全有这个可能。十年前，我爹到这里动手术，因为只给主刀医生打了个小红包，结果还是被副刀医生给弄死了，他要么递错了刀子，要么就递得不及时，特别是主刀医生下手术台后，副刀医生收拾残局时，竟然将一把小剪刀留在了我爹肚子里。太可怕了! 如果你们今天不收，我怎么能相信你们是真心配合主刀医生呢？再说，麻醉师和护士都收了，你们不收，不是成心与我过不去吗？”两位副刀医生只好接过患者的红包。他们刚把红包插入口袋，主刀医生就进来了。主刀医生大声骂道：“怎么回事？连麻醉都还没做，这台手术今天到底做不做？”患者说：“看样子，你应该是主刀医生了，告诉你吧，手术是肯定要做的，只不过我还有点事没办完。”主刀医生说：“什么事？”患者跳下手术台，从内裤里抽出一个红包，说：“恩人，请你收下吧！”主刀医生惊奇地说：“你这是干什么？”患者说：“我只是一个普通科员，收入不高，一点小意思。”主刀医生说：“你贿赂我？”患者严肃地说：“哎呀，看你还是个高级知识分子，你怎么能这样说呢？这叫贿赂吗？这叫对自己的身体负责！你肯定是嫌少了，你说个数吧，我绝对不是那种不懂规矩的人。”主刀医生瞟了患者一眼，出去了，只听见他在门外大声喊：“麻醉师！”不一会儿，麻醉师进来了。麻醉师对患者说：“对不起了，我要给你麻醉了。”患者非常失望，他立在那儿不动。麻醉师说：“请你配合我，不然，这台手术就只好取消了。”想到排队等这台手术已半个多月了，患者只好乖乖地躺在手术台上。麻醉师为患者注射麻醉液时，患者从内裤里取出他最后一个红包，薄薄的，紧紧捏在手心。

麻醉液流进了患者躯体，开始麻醉他的知觉神经。患者亲眼看到主刀医生走过来，然后在他脑袋上用刀子轻快地划。患者努力呼唤着自己，不能睡，千万不能睡呀。患者几乎用尽了全部力气，微微抬了抬右手。高个子护士趁机掰开患者的右手，将那个薄薄的红包翻出来。患者努力用眼神暗示着那位高个子护士。高个子护士暗暗地将那个薄薄的红包插入全神贯注的主刀医生衣袋里。这时，患者嘴角露出了满意的微笑。很快，他沉睡过去。

主刀医生走下手术台。清洗一番后，他摸到了衣袋里那个薄薄的红包。打开一看，里面是一张欠条，内容是：

今欠到东方脑科医院感谢费人民币两千元整，待本人头脑清醒以后，再予归还。

张福生 3 月 15 日

杀 猪

娘把灶火烧得很旺时，我搂了衣服哆嗦着从房里跳进来。三姐正在火炉边躬着腰换鞋子。我麻利地从三姐背上跨过去。二姐说："你这是鬼追上来了吧？"我一屁股坐在火势最燎、没有烟雾的矮凳上，咧了嘴，对二姐笑。

二姐挑着一担水进来，喘着气说："山花脸屋里要杀猪，井水都被挑干了！"

娘说："去年过年，山花脸屋里没有猪杀，今年他屋里养了一头架子猪，昨天我到井里洗菜时，山花脸婆娘笑嘻嘻的，嗯，今年他们会胀死的。"

正说着，我看见白茫茫的村口道上，山花脸的女儿正挑着一担水在爬坡。

我的弟弟三元捧了一块冰，从外头冲进来。他冻得满脸通红。他将冰块放在火坑中央的青架上，冰融水滴，火星子嗤嗤地响，冒出一阵灰尘。二姐狠狠给三元一巴掌。三姐说："妈，你看看三元啰，他在这里烧冰！"

娘警告着说："三元，你这个鬼崽子，你讨死了么？"

三元将鼻孔外面那条裸露的黄鼻涕快速吸进去，瞪了眼骂三姐："地主婆！"

三姐从板凳下面摸出一只鞋，准备去打三元。三元转身跑在娘身后。娘扯开话题说："今年山花脸屋里红薯种得多，有藤吃，猪也长得快。上个月，我看到他家那头猪，有半个人高，现在又养了一个多月，恐怕有三百多斤了。"

这时，村子里传来了猪的惨叫声。那高亢的猪叫声尽管凄惨，但在我们听来，却是羡慕。下雪的时候，谁不希望自己家里有猪叫声呢？三元一阵风地出去了。我看见三元踩着那条白茸茸的雪路，一蹦一跳向村子那边奔去。

依照娘的计划，我们家今天做甜酒。娘要我到秋桃娘娘屋里借筛子。我找了个理由，企图推脱。三姐用白眼死死瞪着我，好像在说：我刚到园子里扯了蒜，你就别指望我去借！娘好像也看懂了三姐的意思，娘对我说："毛儿，你去吧，回来我给你糯米饭吃！"

我极不情愿地出门了。

白雪覆盖着大地，但村里那条坑坑洼洼的路，依旧看得有些分明。路中间已被人踩得泥雪交融，我踩着高耸的石块或土堆，小心翼翼往院子中心走去。

远远地，我看见山花脸的屋场边围了一圈人。走近时，我看见我的弟弟三元抽拉着他的黄鼻涕站在那里，还有我家那条黄狗。很大一头白生生的猪，已经被去了毛，正挂在一个楼梯的横杆上。山花脸手里操着刀，正准备给那头猪开膛剖肚。我看见山花脸踹了我家那条老黄狗一脚，骂道："要死的，走开么！"山花脸婆娘端着脚盆正在接应猪肚里那一堆肠子。我的弟弟三元踮了脚，伸长脖子，站在山花脸身后贪婪地注视着。我说："三元，妈在喊你呢，你在这里做什么？"

三元嘟了一下嘴，表示不相信。

山花脸婆娘笑嘻嘻地对我说："毛儿，你去哪？"

我说："到秋桃娘娘屋里借筛子。"

山花脸婆娘又说："你们家做甜酒了呃！"

我应了一声，独自朝秋桃娘娘屋那边去了。此时，我身后传来一阵激烈的狗叫声。几只狗在打架。听声音，我家那只老黄狗应该是其中一个。

返回时，三元还站在山花脸屁股后面全神贯注地看。他那条长长的黄鼻涕已经快要封住嘴了。我大声地说："三元，你还在这里，妈要你回去，你难道听不见吗？"

三元把黄鼻涕抽了进去，笑眯眯地看着我。他根本没有与我同行或

者打算离开的意思。

我把三元的事告诉给娘。娘骂道："那个鬼崽子，又去馋食了！"

早饭上桌时，三姐捧了碗，第一个动筷子。娘说："三元呢？"我说："肯定还在山花脸屋里。"娘又说："快把他喊回来，这个欠食鬼！"

我捧着饭碗说："这回应该不是我去了，我才借了筛子回来。"娘把目光扫向三姐。三姐望了望娘，睁着圆眼，鼓了我一下，放下碗，去叫三元。

我差不多快吃完一碗饭，三姐才回来。三姐两手空空地说："三元不肯回来，他守着山花脸婆娘在炒猪肠子。"

"这个要死的！"娘放下碗，大声骂道。

娘亲自去了。

望着娘的背影，我和三姐都为三元暗自捏冷汗。这回，三元要惨了！

吃第二碗饭时，我就听见三元在外面哇哇地哭。没多久，三元被娘拖了进来。三元泪流满面。三元的黄鼻涕倒是不见了，但他鼻孔里却不时冒着鼻涕泡。他哭得很是伤心。娘又给三元屁股上抽了一竹条。三元痛得跳起来，哭声更大了。二姐将三元拉到火屋的最里端。我和三姐嘴里含着饭菜，都在暗暗地笑。

娘骂道："你这个饿死鬼，看人家杀猪，就真的像过年了，眼珠子都快伸到别人锅子里去了！更气人的是，还把别人一盆猪血给弄翻在沟里！看我今天不打死你！"

娘扬起竹条，又要冲过来。我和三姐同时用身子将三元紧紧挡住。

娘在一旁苦笑。

至于娘为什么笑，我想，可能是三元没吃到猪肠子，把山花脸家的猪血给弄翻了。

痴　人

关隐达处长把车开到车库入口处，就给他手下霍元彪科长打电话。他要霍元彪把他的车开到地下二层车库去。

关处长提了公文包，昂起头，走进办公大楼。电梯口正好有三个年轻人在旁边等候，他们见了关处长，个个微笑着跟他打招呼。电梯门刚张开，三个年轻人就有些迟疑，都把目光让给关处长。关处长毫不犹豫地跨了进去。见三个年轻人在外面忸忸怩怩，关处长极不耐烦地说："快进来吧，别磨蹭了！"

电梯门正要闭合，有人匆匆跑过来，死死按住上行键。关处长拉着脸，严肃地对那人说："你到底要不要上去？"

那人说："不好意思，刘局长来了！"

三个年轻人顿时变得像狮子面前的小羚羊，个个本能地瘦起身，躲在电梯角落里。关处长立刻堆了笑，哈着腰，对梗着脖子走进来的刘白龙局长说："刘爹，您早呀！"

刘白龙局长瞟了一眼关处长，挤出一丝笑，不再回答。

电梯像一个幽灵，飞速穿梭在高高的大楼里。屏气静心数十秒后，刘白龙局长说："隐达呀，你上班后，到我办公室来一趟。"

关隐达处长兴奋地说："好的，刘爹，我过会儿就到！"

关隐达处长在自己办公室里坐了一会儿，算了算时间，认为现在是去刘局长办公室的最佳时刻，便从公文包里掏出笔，又从抽屉里拿出那本精美的记录本，整了整衣角，出发了。

刘局长办公室的大门紧闭着。

关处长站在门外均匀地吸了几口气，有点像跳水运动员马上要起跳

的情形。关处长用手不重不轻地在门上敲了三下。里面没任何回应。关处长又吸了一口气，调整了一下心态，心里开始数数，数到5时，关处长再次不重不轻地敲了三下门。

门“咔嚓”响了一下。里面说：“进来！”

关处长进去了。

刘白龙局长坐在老板桌的正中央。桌上整齐摆放着几大堆文件资料。刘白龙局长从里面走了出来，坐在会客厅左侧的沙发上。关处长小心翼翼跟了过来。刘白龙局长抬起手，用指头点了点，示意关处长坐下来。关处长将屁股挪到茶几旁边的转动椅上，摊开手里的记录本，准备做记录。

刘白龙局长说：“不必记录了，我找你来，是想和你谈谈心。”

关处长顿时兴奋起来。关处长乐滋滋地说：“好的，刘爹！”

刘白龙局长说：“你们江南人都喜欢这个爹那个爹的，以后就别这么叫我了，还是叫我局长吧。”

关处长说：“好的，刘爹！”

刘白龙局长用眼睛瞪了一下关处长。关处长说：“您看看，我还是改不了口，我们江南人就喜欢把自己尊敬的领导叫做‘爹’，这完全是处于一种尊重！”

刘白龙局长说：“隐达呀，别扯远了。”

关处长说：“好的，刘爹！”

刘白龙局长正准备用眼睛瞪关处长，只见关处长扬起手，在自己脸上狠狠扇了一掌。

刘白龙局长说：“这次局里的人事改革非常残酷，必须有一小部分人要淘汰下来。”

关处长说：“是这样的！”

刘白龙局长说：“隐达呀，这次岗位述职，你不是很理想。”关处长准备说“是这样的”，但他没说出口。刘白龙局长继续说，“按照最后的记分，你这次属于被淘汰的对象。”

关处长眼睛瞪得像死鱼，然后“扑通”一声，跪在刘白龙局长跟前。关处长说：“刘爹，不，刘局长，我当处长六年了，五年都是先进，请您

一定要关照我”。

刘白龙局长从茶几的烟盒里抽出一支烟，关处长立即为他点上火。刘白龙局长吐着长长的青烟说：“关处长，我也是无能为力呀。”

关处长说：“我承认，这次述职，我念的稿子是长了一点，但我的工作都摆在那里呀！”

刘白龙局长叹了一口气说：“这次淘汰，都是按规定进行的，还算比较公平。”

关处长猛地抱住刘白龙局长的一条腿，悲惨地说：“刘局长，只要不下我，我可以去搞工会，行吗？”

刘白龙局长叹了一口气。

关处长又抱起刘白龙局长的另一条腿，眼眶里盛着泪，悲痛地说：“刘局长，只要能保住我的处长级别，我干副处长也行，好么？”

刘白龙局长又叹了一口气。

关处长抱起刘白龙局长的两条腿，将头伸进刘白龙局长的裤裆边，抽泣着说：“刘局长，要不，您保留我的处长级别，我去当个科长？”

刘白龙局长还是叹了一口气。

关处长开始用手捶打着刘白龙局长的隐私处，边捶边哭边说：“刘局长，您不保留我的处长级别，我以后怎么见人呀？告诉你吧，我现在是我家乡级别最大的官，您若把我处长级别抹了，我以后就无脸回故乡了。”

关处长很是悲恸，又拧着拳头，在刘白龙局长的隐私处不经意地捶打。刘白龙局长挨了痛，严肃地说：“关隐达！你这是干什么？”

关处长流着鼻涕说：“刘局长，你把我的处长级别弄丢了，我老婆肯定会和我大吵大闹，肯定会与我离婚的！”

关处长几乎失去了控制，他胡乱地抓，忘情地捏，他捏住了刘白龙局长的阳具。刘白龙局长惨着脸，凶狠地说：“关隐达！你放手！”

关隐达松开手，双手拍打着红地毯，乞求地说：“刘局长，刘爹，只要您给我一个处长名分，我什么都不奢望了，我不当科长，我当科员，我不干重要工作，我去扫厕所，这样好不好？”

刘白龙局长重重地叹了一口气。

关处长用手抹了一把眼泪，继续说：“刘爹，刘局长，您可不能端掉我的处长级别呀，我爹是心脏病，我娘是高血压，他们一旦知道了，都会气死的！”

刘白龙局长好像没叹气了。

这时，关隐达倏地站起身，他快速奔到窗口，推开窗户，伸出一条腿，麻利地搁在了高高的窗台上。

刘白龙局长目瞪口呆。

关处长气若游丝地说：“刘局长，刘爹爹，您若真把我处长级别抹掉了，我就不想活了！”

刘白龙局长回过神，含含糊糊地说：“关隐达，你先下来，有话好说！有话好说！”

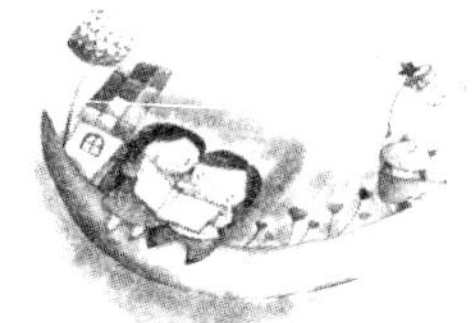

临江仙

作家来到江边那个红房子里。男服务生领他走进一条铺着红地毯的走廊。走廊里的灯光异常暗淡。男服务生推开一扇门，说：“先生，这个房间可以吗？”作家伸出头打量着里面，室内有一张床，床单还算白，床头有个柜子，柜子上摆了一台电话机，墙壁上有一台挂式空调，房间摆着一台电视，进门口有扇小门，里面是洗澡房，洗澡房里摆着一个大木桶。作家指着那个大木桶说：“那是干什么的？”男服务生说：“洗澡用的呀。”男服务生很有礼貌地说：“先生，你是要模特呢，还是要服务员？”作家说：“模特是什么意思？”男服务生微笑着说：“模特就是能满足客人一切需要的服务员。”作家说：“什么需要？”男服务生说：“您做了就知道了。”作家仍不明白，说：“小伙子，我可是来洗澡的，不是来看模特走路的。”男服务生惊讶地说：“先生，你是第一次来这里吧？”作家说：“是的，不过你不要认为我是第一次来，就什么都不需要，实话告诉你，别人需要的，我同样需要。”男服务生说：“是这样的。”作家说：“通常来这里的客人，都享受些什么服务？”男服务生说：“有叫服务员的，也有直接叫模特的。”作家想了想，说：“那就先从服务员开始吧。”男服务生欣喜地说：“好的，先生。”

男服务生拉开房门，对着走廊重重拍了两掌。没多久，就进来七个女孩。有高的，有胖的，有矮的，有瘦的，有把衣服穿着十分得体的，有把衣服穿得十分露骨的。七个女孩整齐地排成一行，其中两个正对着作家微笑。作家说：“来这么多干什么？”男服务生说：“先生，您挑吧，看上谁，就挑谁。”作家不好意思瞪着那七个女孩子看。男服务生说：“先生，现在是您行使权力的时候，您挑吧。”又有两个女孩对着作家微

笑。作家还是没有勇气当着她们的面挑。男服务生说："这样吧，先生，您说说条件，我帮您挑。"作家低着头说："随便吧。"男服务生说："不能随便的，先生，您不要怕，您说吧，我帮您挑一个。"作家埋着脑袋用手胡乱地指了一下。男服务生说："先生，您真有眼光，这个女孩前天才从四川过来的，非常优秀。"男服务生使了一下眼神，其他六个女孩甩着手出去了。男服务生说了声"先生打扰了"，然后转过身，轻轻关上门。

被指定的那个四川女孩说："先生，您稍等，我马上就来。"作家说："请你把电视机打开。"女孩打开电视，将摇控器交给作家，然后出去了。五分钟后，女孩进来了，她换了一件T恤和一条短裙。女孩将端来的那杯水和冰块放在床头柜上，然后抓起电话，对电话里头说"开始了。"作家说："开始了？"女孩说："是的，开始了。"女孩走到门口将反锁扣上，就开始脱T恤。作家很快就看到了女孩那一对小白兔，非常震惊地说："您这是干什么？"女孩一边脱裙子一边说："洗澡呀。"女孩见作家还在睁大眼睛看自己，说："先生，您不脱衣服，怎么洗澡呢？是不是要我帮您脱？"作家说："我洗澡，你脱什么衣服？"女孩说："先生，不好意思，这是规定。"作家一边解衣扣一边说："规定？哪里的规定？"女孩说："先生，您就不要问了，反正您来洗澡，我必须脱衣服。我如果不脱衣服，我的服务就不可能做到位，我服务不到位，您就有可能不满意，您不满意，我就会下岗，我一旦下岗，就无法在这里生活。先生，您还是脱吧！"作家晕晕乎乎地把自己脱光，他用双手捂着自己的隐私处。女孩说："先生，您真的还是第一次来这里吧？"作家说："是的，没办法。"女孩奇怪地说："先生，您可真会开玩笑，自己要来，怎么又说没办法呢？"作家光着身子往洗澡房走去。作家说："不要说这个了，洗澡吧。"

女孩光着身子钻了进去。女孩挤了一把洗浴液往作家身上抹。作家全身抽了一下，说："你别这样，我自己洗。"女孩说："先生，不行的，我必须给您洗，这是规定。我如果不给您洗，他们知道了，会炒我鱿鱼的。"作家说："怎么会这样呢？"女孩说："是这样的，我们这里最重视流程了，流程不到位，客人就享受不到我们的服务，他们下次也就不会再来了，他们一旦不来，我们就失业了。"作家默默地接受女孩给他全身心地擦洗。女孩若无其事地去抓作家的隐私。作家大吃一惊，说："你要

干什么？别这样。”女孩笑着说：“不行的，这是规定，客人到我们这里来洗澡，享受的就是这个，要不，他们干吗要跑到我们这里来洗呢？如果他们享受不到这个，他们就会觉得不过瘾，就不会成为我们的回头客，我们的生意就会越来越差，我们的收入就会越来越不稳定。”作家想了想，觉得有点道理。于是闭着眼睛，任女孩擦洗。

作家顺利地躺在床上。女孩还在里面帮自己洗。作家睁开眼睛时，女孩已经爬上床了。女孩说：“先生，请您把身子翻过去，我先给您做背部按摩。”作家闭上眼，把自己翻了过去。女孩俯下身，用舌头在作家的肩上、背上、屁股上、大腿上以及脚板上一路舔下去。作家说：“这是干什么？”女孩端起床头柜上那杯冰水喝了一口，然后吐在旁边一个圾桶里。女孩说：“给你送点温暖。”作家说：“别这样，我会过意不去的。”女孩说：“不可以的，这是规定，我必须这样。”作家将脸和鼻子全部埋在枕头里。女孩抓起塑料杯里的一个冰块，放进嘴里，然后在作家背上吞吞吐吐。作家惊了一下，说：“这又是干什么？”女孩含含糊糊地说：“您别动，这叫冰火两重天。”作家鼻子里出着粗气，他迅速用手将鼻子捂住。女孩开始用她那一对小白兔在作家背上自上而下自下而上反反复复地蹂躏着。作家觉得全身痒酥酥的，想侧过脸看个究竟。女孩说：“不用看了，这叫挺胸而出。先生，您觉得怎样？”作家闭着眼睛“嗯”了一声。

轮到翻身了。女孩还没来得及开展服务，作家就一把抱住了她。女孩说：“先生，别这样。”作家说：“不要往下做了，我受不了了。”女孩微笑着挣开了作家的手。作家说：“可以那个吗？”女孩说：“不可以的，我只做按摩，不做那个。”作家推开女孩的手说：“那你现在别做了。”女孩说：“不行的，我的服务还没做完。”作家说：“别做了，我难受死了。”女孩将两条腿架在作家肚子上，准备继续为他服务。作家再一次把她紧紧抱住。女孩说：“先生，放开我！”作家说：“为什么？”女孩说：“这是规定。”作家说：“规定个屁！左一个规定，右一个规定，哪有这么多规定？”女孩说：“先生，别这样，您再这样下去，就属于强奸了。”作家吓了一跳，他松开女孩，说：“强奸？真是开玩笑！你把我诱惑成这样，还说我强奸？”女孩说：“对不起，先生，我是服务员，我只洗澡，做按摩，不做其他的。”作家重重的呼吸声已经把一根鼻毛呼出来了，他说：“那谁可以做那个？”女孩说：“模特。”作家说：“那就叫模特来吧。”女孩说：“好的，先生，您是要一个呢？还是要两个？”作家惊讶地说：“还有要两个的？”女孩说：“是的，一个叫单飞，两个叫双飞，还有三个四个的。”作家睁大眼睛“啊”了一声。女孩说：“三个叫三人行，四个叫四面楚歌。先生，您是要哪一种？”作家摇了摇头说：“我现在一个都不要了。”女孩说：“为什么呢？”作家说：“太可怕了！”女孩说：“先生，您怎么这样说呢？我们这个行业可是新兴产业……”作家瞪着眼睛说：“别说了！”女孩说：“先生，您的服务我还没做完呢，我们继续做吧。”

作家瞪着血红的眼睛，嘴角抽搐，不说话。吓得女孩仓促奔出了房间。

电视里正放着一首充满希望的歌。

打 狗

那年，我家本来是有年猪杀的，但可惜的是，那头年猪长到八月份就死掉了。当村里的年猪一个个叫出声来的时候，我爹就说："今年把狗打了吧!"

全家人听了，都有些激动。弟弟三元拍着手板说："好呀，有狗肉呷了!"

三姐说："你就知道呷，外面有一堆狗屎，你要不要?"

正说着，我家那条老黄狗跳过门槛，进来了，它仿佛听到我们的说话，摇着尾，注视着我们。老黄狗的确到了该吃的时候了，它老得有些力不从心，连咬骨头都不那么麻利了。它常常在我丢出去的骨头上面，懒洋洋地用鼻子闻了闻，然后叼起，钻进火炉下面的木槽里。也不知道，它到底啃了没有。

我们要吃它，又那么熟悉它，我们都觉得有些于心不忍。何况，它正悠闲地伸出舌头，舔了一下嘴，慢步向我们走来呢！爹没有扯开话题，他说："明天就要刚崽来打狗吧。"

这天，风刮得很紧，好像有下雪的迹象。我缩在屋里烤火。但弟弟三元早已将我家打狗的事传开了。有好几个不怕冷的鬼崽子来我家看狗，他们议论着说：这狗算大的了，可以吃好几餐。

知道老黄狗明天要被打，我们心里又特别挂念它来。当天晚上，我给老黄狗盛了一大碗饭，三姐还在饭上洒了好多菜汤。老黄狗似乎很感恩，摇着尾巴，在我手背上舔了又舔，舔得我全身痒酥酥的。

第二天一大早，刚崽叔就来了。他跨进我家门槛，大声叫着我娘的名字："珍贵嫂，鸡脚哥要我来打狗呢！狗在哪里?"

我一听到刚崽叔说话，全身就紧张起来。我钻进屋里，说："狗不在家里呢。"

弟弟三元冲进来，说："狗在中堂里！"

刚崽叔从腋窝下拿出绳子，一边做活套子，一边对我说："毛儿，你去把狗唤到屋角边来，另外，给我准备一把锄头。"

我不想去唤狗。我说："我去给你拿锄头吧。"

娘要弟弟三元去唤狗。

三元唤了好一阵，老黄狗就是不肯朝屋角边来，而且，它越去越远。

娘要我去唤狗。

我说："我不去！"

娘说："那只狗最听你的话，你不去，谁去？你要是真不想去，就算了，今年过年，你们也别想餐餐有肉吃！"

刚崽叔笑了。他打着口吃说："这……这……这有什么？有……有……有狗打，是好事！再……再……再说，它死……死了，就可……可以变人了。"

刚崽叔虽然说话有点打结，但他知道很多事。他是我们村里的讲古高手。很久以前我就听他讲过狗通人性、狗死后投胎做人的故事。

刚崽叔已经把绳索圈做好了。他在等我去唤狗。

我磨磨蹭蹭走出去。老黄狗正站在屋那边的田埂上。

我说："黄子！黄子！"

老黄狗摇着身子过来了。我一把抱住它脖子，它用舌头舔着我的脸。我说："黄子，别怪我，做人比做狗好，你就跟我来吧！"

老黄狗似乎很听话，它跟我来到屋角边。

刚崽叔早已等候在那里，他猛地用绳圈套在老黄狗脖子上，然后飞起一脚，将老黄狗踢在了屋角下面高高的土坎上。老黄狗在下面跳跃着，"咣啷啷、咣啷啷"叫个不停。刚崽叔操起屋边那把锄头，对着狗头一阵猛打。不多久，老黄狗没了声。等刚崽叔用绳子把它拉上来时，狗眼里全是血，舌头伸得很长。

我恐惧得简直不敢多看。

刚崽叔拖着老黄狗往水井方向走去。那地方是村里人燎狗的固定场所。

我靠在屋门边暗暗地想：太怕人了，太怕人了！但我旋即又想到，我家老黄狗正化着一缕青烟，像孙悟空打白骨精一样，升腾在某个地方，它将迎来它新的人生。

三元和村里的一帮娃们，早已守候在水井附近的燎狗处。我去水井洗胡萝卜时，看到了我家黄子，它已被稻草火烧得全身金黄，牙齿恐怖无比地露在外面。我瞟了一眼，快速经过了。

刚崽叔帮我家打狗，因而就在我家吃晚饭。娘炒了一大碗狗肉。刚崽叔一边喝酒，一边嚼狗肉。我端着碗去夹胡萝卜，刚崽叔说："毛儿，你怎么不吃狗肉?"

我说："我不吃。"

娘说："你是吃狗肉的，今天怎么了?"

我说："不怎么。"

三姐说："地主就是会吃，只晓得吃鸡、吃鱼、吃猪肝，嫌狗肉不好吃!"

弟弟三元说："他是嫌狗吃屎，所以不吃。"

娘骂道："你们这帮要死的，都给我把嘴封住!"

刚崽叔喝了一口酒，嗨嗨地笑。

妄想症

患者在老婆和女儿一而再再而三的恳求下，才勉强答应去东方脑科医院。他们在东风路口等了十多分钟，才等来一辆的士。女儿跑上前去叫住了司机，老婆则搀着患者的手，打开车门，想让患者坐进去。

患者说："怎么只有一辆车？"

老婆说："这又怎么了？三个人坐一辆车，刚好，不超载的。"

患者没搭理老婆。这时候，又过来两辆空的士。患者急忙向那两辆空的士招了招手。三辆的士排成了一条线。

患者将女儿推进第一辆的士，帮她关上门，然后低着头对里面的司机说："你负责开道引路，注意，正道上一定要鸣喇叭。"

里面的士司机莫名其妙地说："鸣什么喇叭？"

患者指了指他女儿说："你不用多问，听她的就是了。"

患者走回去，把老婆安排到最后一辆的士上。老婆说："你这是干什么？"

患者警告她说："不要多嘴好吗？否则，我就不去了，我还有其他的事，我很忙呢。"

老婆只好用忧伤的眼神瞪了一眼患者。

患者甩着手，站在中间那辆的士左边。司机说："你进来吧，门没有锁。"

患者背着手躬着腰对里面那位司机瞧了一眼，见是个五十多岁的老司机，就说："老同志呀，你会不会给领导开车啊？"

老司机被问得一头雾水，他说："这是怎么了？"

后面的士车上的老婆见患者还没坐进去，下了车奔过去，帮患者打

开司机后面那扇车门，将患者扶了进去。老婆堆着笑脸跟那位老司机说："不好意思，不好意思。"说完，她又跑到女儿坐的那辆车前，跟司机说："可以开车了，东方脑科医院。"

三辆的士屁股一甩一甩地向东方脑科医院游去。

车子开动不到两分钟，患者就掏出手机，他拨通了一个同事的电话，他大声说："马兵呀，我现在去医院视察，你告诉王局长，现在工作任务很重，你要他把工作抓紧点。"患者还想说什么，那个叫马兵的同事已经挂断了电话。患者很生气，他说："怎么一下子没声音了呢，太不像话了，中国移动应该好好抓一抓！"于是患者又拨通了10086。他对里面的人说："刚才我听了一个电话，一下子就断了，太不像话了，你告诉你们局长，明天下午到我办公室来一趟！"

这时，患者发现前面那辆的士没有鸣喇叭。他迅速拨通了女儿的电话，说："怎么搞的？都到大街了，怎么还不鸣喇叭？"

女儿对旁边的司机说："师傅，不好意思，请你按一下喇叭。"

司机惊讶地望了一眼这位少女，说："前面没有车，后面没有车，按什么喇叭？"

女儿说："叫你按，你就按吧。"

司机说："不行的，这条路禁止鸣喇叭。"路旁正好有个"禁止鸣喇叭"的标识。司机指着那块标识牌说："你看看，这里不能鸣喇叭的。"

女儿说："师傅，就算我求你了，你就按吧，如果交警罚款，我出钱。"

司机按了一声喇叭。

患者又拨通了女儿的电话，说："这哪像什么开道引路？本来应该是鸣警笛的，你那里按一下就没声音了，如果再这样，我就下车，告诉你，我工作很忙。"给患者开车的那位老司机把头往后侧了一下，想看一眼患者。患者说："老同志呀，给领导开车可不能分神哟。"司机听了，更加莫名其妙。

前面那辆的士在女儿的恳求下，一路鸣着喇叭地开到了东方脑科医院。

患者下了车，不说一句话，扬长而去。患者走了将近百米远，老司

机才想起他没收车费。正准备熄火开门，患者老婆跑过来了，她帮患者付了车费。

女儿很快就帮患者挂了一个专家号。老婆和女儿企图扶患者上楼，患者很不高兴地说："有什么好扶的？你们两个，左边陪一个，右边陪一边，不准超前。"

患者来得正巧，专家门诊没一个病人。三位穿白大褂的男医生正坐在里面说话。患者大摇大摆走进去，一边招着手说："大家好，大家辛苦了！"一边与医生一一握手。三位医生表现得个个受宠若惊。

患者对年纪较大的那位医生说："你应该是这里的负责人吧，叫什么名字？"

年纪较大的那位医生说："是的，我叫马应明，你是——"

患者有点不高兴了，他严肃地说："我是谁，你不知道吗？"

老婆和女儿企图走上前去，被患者制止了。患者转过身，对她们说："你们俩个先出去一下，我有点事想问问他们，不会耽误你们看病的。"说完，患者把门关上。

患者说："你们郝院长今天值班吗？我过来的时候，没有通知他。"

几位医生相互望了望。一位医生说："郝院长去省城了。"

患者又说："何小青副院长呢？"

几个医生又相互望了望。年纪大的那位医生一边吩咐另一位医生倒茶，一边解释说："何副院长回老家探亲去了。"

患者说："怎么不跟市政府办请个假呢？我说过好几次了，单位副职以上的领导干部离开单位，必须跟市政府办请个假，也好让我知道呀！"

患者接过医生端给他的那杯茶，然后掏出手机，他拨通了市文化局一个同学的电话，他说："是刘文斌吗？张局长他们这几天在干什么？这几天我听人反映，市里又有那么几家夜总会在搞涉黄动作了，你告诉老张，给我盯紧点，否则，我撤了他的职！"市文化局的那个同学一听这个电话，就知道他是谁，那同学把头摇了摇，说："这个刘必升呀，也太猖狂了，一个星期一个电话，虽然他很早就当了市卫生局副局长，可他现在把自己当成什么人了，简直是管文教卫的副市长了，真是莫名其妙！"

患者喝了一口茶，对三位医生说："你们医院有什么要求，需要市政府解决的，可以向我提出来。”

三位医生一个个摇着头。

患者站起身，说：“现在你们带我去其他部门看一看吧，中餐就不用准备了，我还要去教育局看一看，过几天就要开学了。”

年纪较大的那位医生领着患者去了儿科。患者走进去，抱住一个受伤的儿童，用脸亲了亲，亲得那个儿童哇哇大哭。接着，患者又来到外科病室，他揭开了一位病人的被子，用手压了压病人那条浮肿的腿，然后将被子盖上，安慰着病人一定要好好养病。患者又来到妇科病室。不明真相的医生将他带到一位卵巢囊肿的病人床前，患者问了一句那位年轻少妇“月经是否正常”，问得病人脸色绯红……

没多久，患者身后就跟随了一大帮穿白大褂的医生。患者大摇大摆地走出了医院。

跟在后面的患者老婆急了，她拉着最后一位神经科的医生说：“你们今天是怎么了？他是来看病的。”

那位医生大吃一惊，说：“他来看病？他是市里一位领导呀，他哪里有病？”

患者老婆小声地说：“他是我丈夫，确实是一位领导，但官职不大，卫生局副局长，可是他好像已经把自己当成管文教卫的副市长了。”

那位医生说：“是吗？什么时候变成这样的？”

患者老婆说：“自从他把我家那一对祖传五代的青花瓷送给市长后，他就慢慢变成这样了。”

那位医生想了想，好久才说：“可能是妄想症吧！”

宰　牛

冬天的雪花飘舞在我家的窗垛上。我用被子紧紧裹着脖子，眨巴着眼，望着泛白发亮的窗外，心里很是期待。昨晚上床的时候，我听见爹对娘说，明早村里要宰牛。这是一件多么兴奋的事！人心里一旦有了期待，即使睡在寒冬的温床上，也是难以入眠的。那一夜，我基本上是这样。

我听见我家偏屋的门“嘎”地响了一声，然后就有人叫我爹的名字，像是村里的山花脸。山花脸对我爹说：“鸡脚，开始了呢！”

我听到我爹在茅厕里应了一声。

要开始了！我兴奋地跳下床。慌忙之中，我踩到了我三姐的肚子。我听见三姐在被窝里骂“剁脑壳的”。我也管不了那么多了。何况，村子里有人在敲锣了！

拉开房门，我眼睛被重重刺了一下，到处白茫茫的一片，对门易家院子屋角边那棵柚子树，已经被雪坨弯了腰。寒气像刀子，刮在脸上，割肉似地痛。我吸了几口凉气，嘴里喊道：娃娃崽，冷死个鬼了！

村里的锣敲得更凶了。

娘也起了床。她正在柴垛边抽柴，准备生火。我打着寒颤问我娘：“爹呢?”

娘不直接回答我，转移话题骂道：你这个鬼崽子，鞋也不穿，想冻死了?

我哆嗦着又问：爹哪去了?

娘说：捉瞎子去了。

我那双鞋昨天被我穿得可以拧出水来，我机智地穿上三姐那双布鞋，飞也似地朝村子东头跑。

村子的牛栏在东头。牛栏上方就是大地主瞎子的屋。

我还是去晚了。友狗、叫花子、膀胱、布兜他们几个，早已缩着头，打着寒颤，站在瞎子屋边看热闹。他们见我跑过去，一个个咧着嘴，惊了眼。这时，我听到瞎子屋里在喊“哎哟”，又有人在大骂：“老实点！”

没过多久，一簇人从瞎子屋里涌出来。我看见那个白胡子瞎子全身被绳子绑着。我爹也在里面，他正牵着五花大绑的瞎子往牛栏下面走。支书洋泥崽用手按了一下瞎子的头，瞎子又喊出几声“哎哟”。我看到了我爹。我爹也看到了我。我从我爹的眼神里，仿佛看到了我曾经在亲戚家做客时不小心打烂碗的那一幕。爹在支书骂瞎子“老实点”之后，也骂了一句“老实点”。

前来看场面的人越聚越多。膀胱的娘也来了，她披着一件厚厚的棉衣，拄着拐棍，嘴皮子直打哆嗦。还有叫花子的爷爷，他蹲在岩石板上，扶着烟管，静静地吸烟。三姐也来了，她对我瞪着怒眼，好似在说：你把我的布鞋穿湿了，回去我要你的命！

人群开始向牛栏下方的八担谷田坪涌去。我跳过土坑，和友狗他们麻利地冲过去。

八担谷田是村口的一丘稻田，早已干枯，现在正披了一层厚厚的雪。瞎子被我爹牵到了八担谷田中央。很多人站在了田埂边，参与对大地主瞎子的批斗。支书洋泥崽恶狠狠地说：“我们村里的老骚牯不行了，瞎子罪该万死！”村长蒲来几大声喊道：“打倒地主瞎子！”很多人跟着喊：“打倒地主瞎子！”我看见我爹的嘴巴也在动。我在人群里也跟着喊。三姐用手撮了我一下，板着脸说：“等一下，我打你个死！”

我用眼睛鼓了鼓三姐，转过身，大声喊道：“打倒地主婆！打倒地主婆！”

人群一下子静了。

许多双眼睛朝我扫过来，好像无数把刀对准了我。我感觉自己就像一根稻草，无比地小。支书洋泥崽怒吼着：“是哪个鬼崽子在捣乱？再乱喊，就抓起来！”

我吓得直冒汗。因为瞎子的婆娘早就死了，哪来的地主婆呢？三姐像是有人替她报了仇，嘴角露出一丝笑。

天大亮的时候，村里那头跛脚的老骚牯，被人从牛栏里牵出来。老骚牯喘着粗气，扇动耳朵，甩着尾巴，站在人群中央。人群一下子又兴奋起来。下雪意味着过年，过年意味着吃肉。现在，活生生的牛肉就在眼前，就差没有炒熟了。我情不自禁地用舌头舔了一下嘴巴。我看见三姐也在舔嘴巴。

突然，村长蒲来几飞起一脚，重重地踢在瞎子的大腿上。大地主瞎子终于倒地了。人群立刻屏住气。每个人鼻孔里都在蹿白气。我看见支书洋泥崽吐着长长的白气说："我们的老骚牯之所以脚跛，就是因为地主份子在搞鬼！"村长蒲来几大声呐喊："打倒地主份子！"人群也跟着喊："打倒地主分子！"

喊声响彻山坳。以至于牛栏旁边枣树上的一堆白雪哗地落在地上。为了吃牛肉，我和友狗他们几个也喊得格外起劲。

大地主瞎子跪在了老骚牯面前。他闭着眼睛，鼻孔里蹿着白气。支书洋泥崽毫不犹豫地按着瞎子的头，对着老骚牯行了几个大礼。老骚牯像是有所感应，瞪着血红的眼，伸出舌头，在圆圆的嘴唇上绞了一下，又放进去了。

瞎子最后喊着"哎哟"被人推了出去。不过，我们不再关心他，我们在乎的是宰牛。

妇女老人和一些胆小的都开始闪开了。有人搂来一堆粗麻绳，有人扛来了手臂粗的木杠，还有人抱来了黄灿灿的稻草。洋泥崽老婆用篮子提来一把雪亮的长杀猪刀，友狗娘和其他几个妇女则搬来了自家的洗澡盆，可能是用来装牛血。

几个力气大的男人开始在老骚牯的角上和脚上系麻绳。随着洋泥崽的一阵号令，一帮人使了劲，扯起麻绳，扛着木杠，向四处猛拉。

老骚牯轰然倒地。嘴里发出一阵犴叫。

只见洋泥崽提刀过去，对准老骚牯的喉管，就是一刺。血喷得老高，溅得洋泥崽满脸都是。我和友狗他们几个都笑了。洋泥崽用手抹了一下脸，将一撮牛血送进嘴里。我和友狗他们几个不约而同地咽起了口水。也不知道，没煮熟的牛血味道怎么样。

洋泥崽手里的刀抽出来，又刺进去。老骚牯大牤一声，两颗豆大的泪，从眼眶流出来。

我们都觉得可怜。但一想到快过年了，就觉得宰牛原本就是这样，原本就是要大牤一声，原本就是要流几颗大泪。

老骚牯终于死了。它那张毛茸茸的灰皮被完整地剥了下来。开了膛，里面热腾腾的。大家很是兴奋。

站了差不多一个早晨，我三姐那双布鞋也湿透了。我决定回家烤一烤。再说，今晚也不一定能吃到牛肉。

刚进家门，娘就问我："牛宰了吗？"

我说："宰了，血喷得有半个人高，已经剖肚了。"

娘说："哎，那个瞎子也该死，被人整了一个早晨，回去脚就跛了。"

我说："那爹也参加了呢！"

娘说："是的，晚上我问一下他，瞎子是不是捆得太紧。"

娘又说："牛是该死的，因为它跛了一只脚，但瞎子呢，本来眼睛就瞎了，再跛一条脚，不等于也该死。"

我睁大眼睛看我娘。我娘说："崽呀，以后对任何人都不能凶的，宁可让人，也不可欺人呀，懂吗？"

正说着，三姐进来了，她鼓着一双牛眼，见我把她的布鞋穿得湿漉漉的，扬起手，要教训我。我抱着头，准备迎接她的打。

三姐停了手，说："咦！今天真是太阳从西边出来了，你怎么不还手？"

我说："我干吗要还手？"

我看见娘含着笑出门了。

三姐说："你如果不把我鞋子洗干净，我还会找你算账的！"

抛球乐

作家来到一个文友家。文友受宠若惊。作家说："你现在当处长了吧？"文友说："惭愧，还是个小人物。"作家说："不可能，十五前，我们在西湖开笔会，你就是科长了，现在还是科长？"文友说："不谈这个了，你现在是大作家，能够光临寒舍，我已是万分激动了。"文友要老婆到楼下那个"辣得叫"酒家订一个包厢。作家说："不用了，我是来看看你的，三四年没见面了。"文友说："大作家，你来了，饭总得要吃嘛。"作家说："真的不用了，你今天就是吃龙肉，我也会马上走的。"文友说："你来肯定有点事，决不会只是为了见面吧？"作家说："聪明人就是瞒不着，我真有点事。"文友说："什么事？你只管说。"作家说："你们局长贪不贪？"文友有些吃惊，他说："你怎么这么问呢？"作家说："你只需要告诉我，他到底贪不贪？"文友有点为难。作家起身要走。文友说："你要去哪？"作家说："你们局长不贪，我待在这里干什么，太浪费时间了。"文友说："我的大作家，你到底啥意思？"作家说："我想给贪官送一回礼。"文友说："你有事要求他？"作家说："没事，我一个文人能有什么事？"文友惊奇地说："那为什么？"作家说："我正在弄一个中篇，里面涉及到贪官受贿的内容，我想体验一下。"文友张大嘴巴说："就为这个？"作家说："是的，就为这个。"文友"啊"了一声。作家说："你们局长到底贪不贪？不贪的话，我就找其他文友帮忙了。"文友这时想起昨天一个同事跟他说起局长很贪的事。文友说："有点贪，不过，我也是听人说的。"作家收住脚，转过身，坐下来，摊开小本子，准备记录。文友说："你这是干什么？"作家说："请告诉我，你们局长的姓名和手机号码，我不会要你出面的，请放心。"文友有点为难，他扫了老婆一眼。老婆将嘴嘟了

嘟，文友就放心了。文友将局长的姓名和电话号码告诉给了作家。作家记录完后，坚决要走。这让文友像丢了魂似的。

周六晚上八点半，作家准时来到“在水一方”8 号别墅门口。作家在按响了大门外的电动按钮，电动门“咔嚓”一声就开了。作家迅速闪了进去。

作家终于见到了这位局长。作家望着宽敞豪华的客厅，说：“您的家人呢？”局长说：“他们都有事，出去了。”局长的声音好像要比电话里的声音客气得多。局长将早已备好的茶端给作家。作家也没说一声谢谢，双目炯炯地瞪着局长。局长说：“你这是怎么了？”作家好久才回过神来，微笑着说：“没什么，我是从心底里佩服您。”局长吐着烟圈笑眯眯地说：“你是怎么知道我的？”作家说：“您经常出现在电视里，有谁不认识您呢？您真是太了不起了。”局长有点不屑一顾。作家喝了一口茶，然后拉开挎包，从里面掏出 10 扎红灿灿的票子。作家的眼神曲线似地扫了过去，局长的眼睛贼一样地停了一下，然后就逃跑了。作家正眼望过去，局长显得异常镇定，一副若无其事的样子。作家如饥似渴地望着局长，他发现局长脸上的肉在微微跳动，两绺浓黑的眉毛，一时舒展，一时收缩，嘴旁那颗硕大的黑痣开始发青，继而发白，继而发红。他还看到局长在抽烟过程中，不时将舌头微微伸出，然后小心翼翼地放回去。作家隐隐感觉到局长的呼吸好像有点不正常，作家猜想局长肯定是在努力控制着自己的呼吸，甚至估计他是在用心脏的闸门调整着自己的气流，作家已经察觉到局长的肚皮一拱一拱的。局长抽烟的速度好像也加快了许多。但见局长狠狠地吸了一口，烟火像点燃了的导火线，向前溜了一大截。局长的话顺着鼻孔里那两条笔直的青烟，硬邦邦地甩出来：“你这是干什么？”作家按照他那个中篇小说里的情节，迅速跟了上去，说：“初次见面，不成敬意。”局长说：“你到底有什么事？”作家将早已印制好的名片递给局长，说：“局长，我是太空房地产公司的申天柱，想在基建方面与您开展业务合作。”局长瞄了作家一眼，说：“我们局的大楼上届领导刚刚翻修完。”作家说：“那是，那是！不过，可不可以考虑把食堂翻修一下？”“食堂已经动工了。”“会议室呢？”“会议室已经做了安排。”“厕所呢？”“厕所也翻修？”“是的，现在很多局都相当重视厕所，配音乐，配彩电，配空调。”“是吗?”“是这样的!”

局长站起身，对作家说：“请你跟我来。”作家跟着局长来到一间宽敞的洗澡房。局长说：“请你把衣服脱了!”作家大吃一惊，说：“干什么?”局长说：“洗个澡呀。”作家说：“我为什么要洗澡?”局长说：“你不洗澡，我怎么知道你是真合作，还是假合作?”作家说：“你这是什么意思?”局长说：“你不肯洗澡，那就证明你还带有私心杂念。”作家非常震惊，说：“我是诚心想与您合作呀，干吗非要洗澡呢?”局长说：“你脱不脱? 不脱，就请你把见面礼带回去。”作家一脸茫然地解纽扣。这时，局长从抽屉里取出一把长长的不锈钢铗子。作家吓了一跳，说：“这又要干什么?”局长说：“请你把嘴张开!”作家说：“张开嘴干什么?”局长说：“你不要问这么多为什么了，我问你，你还愿不愿意与我开展合作?”作家说：“愿意，当然愿意!”局长说：“那就请你按我的要求办!”作家张开嘴唇。局长用铗子撑着他的嘴，然后从口袋里摸出一把精制的小手电筒，反反复复对着作家的每一颗牙齿照。检查完作家的口腔，局长又检查起作家的鼻孔、耳朵和头发，然后要作家脱光衣服，泡进水池里。局长把作家脱下来的每一件衣服，认认真真地检查了一遍，又抽出作家的皮带反复挤压了一番，然后拎起作家的内裤，对着光线仔细打量了一番，并抖了抖作家那双臭袜子，再用锤头锤了锤作家那双半新半旧的棕色皮鞋。在作家浮出水面的时候，局长又拿来一把电子探测器，在作家光滑滑的身子上探来探去。作家被弄得目瞪口呆。局长说：“没有办法，现在搞业务合作，风险真是太大了。再说，我们是初次合作，必须这样的，这既是对你负责，也是对我自己负责，请你千万别介意。”

作家正准备穿衣服，局长走过来，说：“且慢!”作家惊慌地说：“又要干什么?”局长说：“请把你的生殖器往外露一下，还有，把肛门也翻开，我想看一看。实在对不起，现在的微型摄像头和录音器真是太先进了，任何一个孔都可以放进去，都可以留下证据，都可以置人于死地。”作家吓得拢起裤子，穿了衣服，匆忙卷起那十扎钞票，仓惶逃出了局长房间。

局长关好门，打开电视，异常坦然地躺在沙发上，然后用手机拨通了老婆的电话，说：“你现在可以回来了。”回避在外的老婆说：“事情怎么样?”局长说：“最后一关过不了，好像有一点点小问题。”

变种的鸭

人也是动物，因此人和动物应该具有某种感应。只不过有的人将这种感应高高挂起，完全忽视了它的存在而已。

罗大亮就很在乎这种感应。

别人家的鸭子养到长羽毛时，就飞得起来，怎么赶，就是不能成队成行，因此，只得靠鸭笼挑来挑去放养。而罗大亮的每一届鸭子，从小到大，娇得像电视里的企鹅，常常整整齐齐行走在乡间的小路上，即使遇到牛，鸭们也能迅速调整位置站立成行，决不会乱了阵脚。有的母鸭还翅膀松散地伏在他罗大亮脚下，踢都踢不走，那鸭希望他罗大亮抱一抱。这不能不让村里人羡慕不已。更有甚者，罗大亮似乎和鱼也有这种感应。黑山水库的跳槽鱼，村里的男男女女老老少少，无时无刻不在打它的主意。可是，又有谁能搞到一条够斤两的鱼呢？大凡准备捞鱼者，怀着一网打尽的念头而去，到头来往往是满脸失望空手而归。只有他罗大亮，背个竹箩往那一转，准会弄到几条不大不小的鱼。人们总说：瘦骨罗大亮天生就沾鱼腥，是个没有进化好的二类动物。

罗大亮的女人木兰锄着棉花就吆喝着口渴。她也不喝罗大亮用矿泉水瓶灌来的水，屁股一甩一甩地回家去了。太阳不是很毒，勤劳的罗大亮在棉花地里锄着锄着就没了劲。这与他往日的风格是极不相称的。罗大亮凭着对女人木兰的心灵感应，在木兰走后的半个时辰里，也恹恹地扛了锄头，回家去了。一群欢快的鸡吵得屋里愈加寂静。罗大亮对鸡没有太多的感应。他感应到的是他的女人木兰。罗大亮推了房门，糟糕的一幕就映入他的眼帘：一个男人正伏在罗大亮床上，身子像铁匠风箱炉的推拉柄，一推一拉。罗大亮用脚狠狠地蹬了一下木地板。村长贵毛的

脸就侧过来了，满头汗珠。罗大亮木然，一时找不到话。罗大亮最后还是找到了很无奈的语言，他说："村长！村长！"罗大亮这两个字不仅是一种呼唤，更是一种严正交涉，甚至算是一种谴责。太过分了！罗大亮也不知哪儿来的劲，扬起黑黝黝的布满老茧的手扇过去。村长侧了头，巴掌就落在木兰红润润的脸上。村长贵毛提了裤头站起来，用布满血丝的眼睛瞪着罗大亮。眼前的村长好像一条狼狗，而罗大亮则像是一只不成气候的乡下小狗。罗大亮不敢再扇出他的第二掌。罗大亮夺门而出。42 岁的罗大亮，枯瘦如柴的罗大亮，头脑一片空白的罗大亮，喜欢鱼鸭的罗大亮，踽踽独行在通往村口的道路上。

不知不觉，罗大亮来到三十担田埂上。"三十担"是村里面积最大的一丘田，耕种方便，收成又好，村里人都知道。"三十担"已经成了一丘田的专用名。这丘田原来由支书福来承包着，前年田亩调整时，调给了村长贵毛。"三十担"蓄了一田水，一群鸭子正在那里捞食玩耍。罗大亮老远就看见了自家的鸭，特别是那只尾巴毛打圈圈的绿头公鸭，见了罗大亮就"哈哈哈"地叫。家里最娇的那只麻鸭婆"嘎嘎嘎"地点着水，朝罗大亮游过来，摇摇摆摆来到罗大亮身边，一边叫，一边将翅膀摊平，向罗大亮摆出了一种求爱姿态。蹲在田埂上的罗大亮，全无往日里的护鸭心情。他需要的是安慰，绝对的安慰。罗大亮挥出了他愤怒的一拳，将那只可爱的麻鸭婆打入水中。鸭们一团惊慌，拖着屁股作聚集状，"三十担"立刻被震荡出无数道水纹，涟漪叠叠。几片异常显眼的白鸭毛在水中荡漾。

旋即，鸭们意识到了这是一场不必要的惊慌，又恢复到罗大亮来时的状态：觅食的觅食，歌唱的歌唱，戏水的戏水，求欢的求欢。罗大亮那只绿头公鸭已经扬起了长长的脖子在水中调遣着。还有村长家的那只白鸭婆正围在绿头公鸭周围，不停地用扁嘴点水。显然，它需要交配了。村长女人很喜欢罗大亮家的鸭，老老实实，服服帖帖。村长女人喜欢将她的鸭子赶到罗大亮的鸭群里，让它们不断地加深了解，相互学习，目的是求个"近朱者赤"。眼前的状况，对罗大亮心情绝对有好处。罗大亮多么希望自家那只绿头公鸭立马爬上村长家的鸭婆背上，狠狠地交配。罗大亮把这种意向，演化成罗大亮自己在痛痛快快地奸村长家的女人。

事情当然是朝这方面发展。可罗大亮还是觉得不过瘾，绿头公鸭啄着村长白鸭婆的头，爬过扁平的背，屁股扭了几下，就没戏了。罗大亮在心里骂公鸭无能。公鸭已经落了水，脖子上的羽毛发酵似地膨胀，还唱着嘶哑的歌。总的说来，罗大亮的心情有所好转。至少，自家那只绿头公鸭或多或少地为自己解了恨！

罗大亮决定回去。至少也得找村长要个说法。

罗大亮到家的时候，村长已经走了。木兰正在给那群鸡撒米。木兰低着头，不敢看罗大亮。罗大亮本想再给木兰一巴掌，但考虑到木兰肥大的身躯，罗大亮担心对付不了她。木兰泼起来，简直就像一条刚产崽的母狗，让人刮目相看。去年，村里的刚子惹了她一句，被她摔倒在地，还被扒了裤子。罗大亮知道这个。弄不好，自己没好果子吃。可是，罗大亮找村长的意志丝毫没有动摇过。

罗大亮自己也不知道怎么会无意识地拖来一把刀，在磨石上荡来荡去。有刀在手，罗大亮的胆子仿佛大了许多。罗大亮对木兰说："是他动你的吗？"木兰乱着头发，不应答。罗大亮停止了磨刀，用指头在刀刃上比试着。罗大亮说："妈那个×，再不说，老子撇了你！"木兰这才"嗯"了一声。这就更加坚定了罗大亮找村长的勇气。狗日的贵毛，就算你那个当副县长的亲哥哥来了，老子也不怕你！人又不是鸭子，鸭子搞名堂也得母的点个头呢！

罗大亮腰上撇了那把亮锃锃的刀，去找村长贵毛。贵毛正在支书福来家搬着右腿抽烟。罗大亮一出现，贵毛就注意了。贵毛说："你想干什么？"罗大亮本想狠狠地骂"老子撇了你这个狗日的"，可出口的话又变了，具体是：这事到底怎么处理？屋里只有贵毛和福来。贵毛有点不把罗大亮放在眼里，只是吡吡地抽烟。支书福来搬了凳，要罗大亮坐下。罗大亮把屁股上撇的那把刀，斜了斜。贵毛这才意识到问题的严重性。罗大亮屁股上的家伙告诉他，他必须妥善处理那件事。贵毛说："那事谁也不能怪谁，就这么过去，我问你，想公了还是私了？公了呢，你告我，我奉陪；私了呢，我把黑山水库的承包权让给你。"罗大亮完全没想到贵毛会这么洒脱，竟然愿意将黑山水库包给自己。前些年，黑山水库搞承包，罗大亮费了不少口舌，又是送鸭又是送鱼，可还是让刚子给包走了。

15 亩的水面，一年只交 500 块承包费，是个划算活。刚子喜欢吃鱼，可养鱼没经验，两年的鱼还没别人田里养一年的鱼长。罗大亮说："当真?"贵毛看到罗大亮这条鱼已经上钩了，就说："这是我刚才和福来商量好的，不过，今天的事就到此为止。"罗大亮已经觉得没有必要去告贵毛了。再说，告也是白告，他有个亲哥哥当副县长。当然，更没有必要撇死他，就算把他撇死了，木兰还是被他搞了。无法挽救的事！

春天的时候，罗大亮弄到了黑山水库的承包权。在承包这个问题上，罗大亮比刚子要聪明，他一口咬定要包 15 年，谁也不能阻碍他的承包。黑山水库是个风景别致的地方，名曰水库，实际上是由三条不同方向的溪水汇集而成，拦山而筑。顺溪而上，两旁是动物状的高山，满山遍野长了各式各样的灌木，溪水淙淙，鱼虾四处乱窜。夏日里，蝉儿鸣唱，鸟儿飞闹，无不惬意。坐在阴凉处的卵石上，用清水凉凉脚，瞌睡虫马上会爬到你的眼睑，哄你昏昏入睡。当然，这里更是养鱼养鸭的好地方，罗大亮离不开这方山水。

黑山水库被罗大亮合理利用起来。黑山水库成了鱼游鸭欢的地方。鱼是四种鱼：鲢鱼、鲤鱼、草鱼和甲鱼。鸭只有一种：标鸭。

村里人不知道罗大亮怎会养出这么一种鸭来：粗粗的脖，长长的身，懒洋洋地走，娇滴滴地愠人，两个月可长 5、6 斤，四个月能长 8、9 斤，像乡下的土鹅。当然，这只有罗大亮本人知道，这是富阳县政协委员马必和的良种鸭。罗大亮是通过报纸上的信息弄到的。

日子像山溪里的水，清澈地流着。木兰也搬到了黑山水库的简易屋里，陪罗大亮过世外桃源般的生活。

鸭们鱼们改变了罗大亮。罗大亮成了乡村闻名的鸭司令、鱼大王。有了钱发了福的罗大亮，首先想到的是应该养条狗，一条体形健壮、伶牙俐齿的大狼狗，日夜护着木兰，护着他来之不易的生活。

村里很多人都想到了借鸭种的事，纷纷将自家的鸭婆抱到罗大亮的鸭群里去交配。可来年孵出的小鸭，又都恢复了乡村土鸭的本性，小小的，瘦瘦的，赶起来，像飞鸟一样。

村长还是那个村长，支书还是那个支书。村长儿子结婚那天，支书福来笑眯眯地闯进了罗大亮的隔世桃源。福来是来买鸭，要 20 只。支书

买鸭的纸包不住村长办酒席的火。价格上，罗大亮一直不松口。支书说："是贵毛儿子婚宴用。"罗大亮说："这我知道，可我的标鸭肉多味美，就这个价，甭说是村长，就是县长老爷，我还是这个价！"

第二年，村长贵毛做了爷爷。等村长贵毛的孙儿有所变化时，人们就有了新发现，都暗地里议论：这贵毛村长的孙子，咋越长越像贵毛，一点也不像他爹！

罗大亮凭他对动物特有的感应，说："是品种出了问题，就像我的鸭！"

焦虑症

十多年来，了解我的人，大多是通过我的同事贺丽华认识的。

应该说，贺丽华是我迄今为止所见过的最漂亮的女人。男人对女人垂涎欲滴的各种因素，在贺丽华身上应有尽有。这就是贺丽华的魅力。记得第一天来这个单位报到时，人事科那位满头白发的包科长将我领到三楼走廊东头的第二间办公室，推开门说："小贺，给你介绍一位新同事，姓刘，刚从学校毕业的。"我当时就有点目瞪口呆，因为这个挽了秀发的贺丽华，简直美若天仙！我知道，在中国历史上，有好几个叫丽华的女人，她们全都成了宫廷女人嫉妒的对象，当然也成了皇帝宠爱的对象。我甚至不敢多看一眼这个贺丽华，我明显地感到我的心脏在怦怦地跳。我猜测她或许就是前朝某个丽华的再世，只可惜我不是皇帝，我没那个福。我将脸不由自主地对准包科长。但我发现，包科长正暗暗地透过他那老花镜的横梁，用犀利而且渴望的眼神扫视着贺丽华的胸脯，并且不自然地吐了舌头，和眼镜蛇吐信子似乎没什么两样。

贺丽华大我八岁。初次和她作同事时，她已经有了孩子，这就使得女人天然的风韵在贺丽华身上有了淋漓尽致的发挥。因此，我和贺丽华共事的那间办公室，就日复一日、年复一年地充满着人气。单位里的男士不管是结婚的还是没结婚的，也不管是年青的还是年老的，平民还是当官的，他们都有事没事地踱进我的办公室。我当然知道，这全是冲着贺丽华的美色来的。这十多年，男人们之所以对我和贺丽华的办公室流连忘返，还有一个更重要的原因，那就是贺丽华的性格格外包容。在她面前，讲正经话，她能友好地加以附和，说点痞话，她虽不主动，但也不怎么反对，说到尴尬之处时，她就咯咯地笑，也不冷场。打心里，我喜欢上了贺丽华，虽然我比她小八岁。我甚至想象着，假如有一天，贺丽华的老公，那位在另一个单位官做得不是很大的孟局长，万一死掉了，我是非常愿意和她共度余生的。只要她愿意。要知道，在那时候，我能有这种惊人的想法，那是非常需要勇气的，何况她比我大八岁，又有个儿子，更何况我的性格向来内向。这也是我参加工作七八年了，一直对其他异性不感兴趣的深层原因。我当然没对任何人说起过这羞人的想法。我的父亲母亲曾不止一次地找到贺丽华，希望她能帮帮我，为我物色一门亲事。贺丽华似乎很热心，她首先为我介绍了一个税务局的，我瞄了那女的一眼，掉头就走。后来，贺丽华又为我介绍了一个人民银行的，很多人都说那女的样子不错，然而，我只接触了两次，就没深入下去。直到贺丽华将她的表妹带到我面前，我才仿佛对女人有了好感。同事们对我的想法都大吃一惊。不用说，你也会猜到：我的老婆，也就是贺丽华的表妹，样子长得怎样，就不必详细描述了。为了贺丽华的表妹，我不止一次遭到了父亲的恶骂，老父亲说："你戴着眼镜找了七八年，越找越差！"说实在的，我的老婆除了性格好，样子方面，真的很难与靓女挂上钩。后来，我惊奇地发现，周星驰电影《食神》里面那个牙齿暴得非常可怕的女朋友，简直就像是我老婆的翻版，可我还是日复一日地爱着她。我也不知道受了老婆多少次盘问，她总是说："我长得很一般，你完全可以找个漂亮的，为什么会要我？"我无言以对。我不可能把因为她是贺丽华表妹的事告诉她。那样的话，也太伤她的心了。

后来，因为我和贺丽华有这层亲戚关系，我的那位表姐夫也就相当放心了。在他看来，贺丽华是我表姐，从伦理角度说，我是不应该对她有非分之想的，再说，贺丽华与我同室，她的一举一动我看得最清楚，这就等于表姐夫在他心爱的妻子身边安插了一个卧底，什么风吹草动，都逃不脱他的眼睛。事实也是这样，我那位后来当大领导的表姐夫，经常笑嘻嘻地在电话里问这问那，很把我当回事，俨如我是他的表姐夫。其实，表面严肃但在我面前相当随和的表姐夫完全不必要那样做，贺丽华是一个值得他放心的女人。据我观察，在我还未与贺丽华攀上亲的那几年，她就一直表现得规规矩矩，自自然然，虽然有无数的男人包括我，都对她的美色有点垂涎欲滴，但她就像三峡大坝上的闸门，该关的时候，

关得严严实实，该敞的时候，敞得落落大方。

2008 年，四川发生地震的时候，我的同事加表姐贺丽华的心坎上也发生了一场大地震：表姐夫因为一场突如其来的车祸，被碾得血肉横飞。贺丽华为此整整痛苦了二三年。我不知道我给贺丽华递过多少张纸巾，在办公室，在她家里。她一看到我，就泪眼婆娑，悲痛不已。我说，贺姐，别太难过了，人死不能复生，表姐夫也不希望你天天这样。话是这么说，但我心里多么希望扑过去，紧紧地抱着她，给她一丝安慰。有几次，在她家里，我就想这么做，但她的表妹我的老婆却时刻用一种凶狠的目光盯着我。我怕适得其反。我知道，即使她对我有些好感，这也是不可能的事，因为我们已经是亲戚了。哪有亲戚这样做呢？否则，我就太不是人了。

可是，贺丽华绝不能这样一直悲沉下去。她还年轻，她仍然是八成以上男人垂涎的对象。我无数次地劝导我的表姐贺丽华想开一点，必须重新面对新的生活。两个月前，她似乎有了松动，表示愿意考虑她的另一半。我非常高兴，但心里又感到一阵痛。我把这事告诉老婆，老婆像是比谁都高兴，她露着暴牙说："要快，越快越好！"我把这消息散布给我的同事和朋友们。他们也格外高兴。

一星期后，我的一位同学带着他离了婚的哥哥来找我。我们在一起愉快地吃了饭，然后将他的哥哥和我的表姐安排在一间房里攀谈。不到半小时，同学的哥哥耷拉着头出来了。我问他谈得怎么样。他摇着头说："不对她的胃口。"我说："论地位，论人品，论经济，你样样都不错，怎么会不对她的胃口呢？"同学的哥哥说："她首先问我是不是打呼噜，我说我不打呼噜，她说那就不大好了，除非你到医院做个手术，能够打呼噜。我觉得有点莫名其妙，因为我夜里打呼噜经常被老婆踢醒，还遭了不少骂。"同学的哥哥又说，"她说她原来的男人是打呼噜的，整晚打个不停，她还说如果男人不打呼噜，她是无法与他共眠的，她还给我播放了她原来男人打呼噜的录音，像一头雄狮在吼叫。"

得知贺丽华喜欢打呼噜的男人，我们单位刚离婚的郭汉民科长笑得乐开了花。他对我像待局长一样热情。我知道他别有用心。我把郭科长的意思转告给表姐。表姐答应和他谈一谈。郭汉民科长在表姐房里坐了十几分钟，就摇着头出来了。我问郭科长聊得投机与否。郭科长苦笑着说，简直不可能。我问他怎么不可能。他说："你表姐对我打呼噜表示满意，但她要求还必须会做饭，会炒红烧鱼，会做卤猪脚，会做猫乳，会开车，能一口气做80个俯卧撑，能吃槟榔，体重在63公斤以内，白酒酒量在一斤以上——我知道，除了做饭、烧鱼、开车以外，其余我都不会。"我说："你可以学呀。"郭科长说："我怎么学？我这身子有90多公斤，还是这几年努力控制的结果，如果再要我减二三十公斤，不是要了我的命么？再说，要一口气能做80个俯卧撑，打死我，我也没法完成。"我老婆听了郭科长的怨言，十分惊讶地对我说："这全都是表姐夫的特点，他样样行！"我听后全身冒汗。因为做俯卧撑也是我的强项。表姐几年前就听我说过的，我可以一口气做150个俯卧撑。

又有不少男士在我表姐面前一个个碰了壁。本来，市计委那个副主任最符合条件的，但表姐又冒出来一个很残酷的条件：必须能在15秒8之内跑过一百米。我问老婆这是不是又是死去的那位表姐夫的特长。老婆说，你不知道呀？表姐夫很擅长跑步的，他曾是全国大学生百米跑的获奖选手呢。我没告诉老婆，其实我也是全国大学生百米跑的获奖选手呢。总之，我听到一个个失败者的怨言，心里像爬着一群热锅上的蚂蚁，紧张不安。

前天，师专一位弹钢琴的老师前来与我表姐聊天。那位老师几乎全部达到了上面的条件，但表姐最后明确地告诉他，除非他再切掉一根手指。这对弹钢琴的人来说，无异于毁了他的一生。我清楚地记得，我那位死去的表姐夫确实也少了一根手指，是什么原因缺少的，我不得而知。但要命的是，就在一年前，我刚开车上路，就废了一根手指……

我对表姐的一系列征婚要求弄得惶惶不可终日。慢慢地，我感到自己疲乏无力，情绪波动得很厉害，我还感觉到我的植物神经活动在急剧增强，经常手抖，心慌，出汗。一天，表姐抓住我的手说："刘建军，你抖什么？是不是不舒服？我抖得更厉害了。"

事后，我悄悄跑到医院。医生告诉我：我患的是焦虑症。

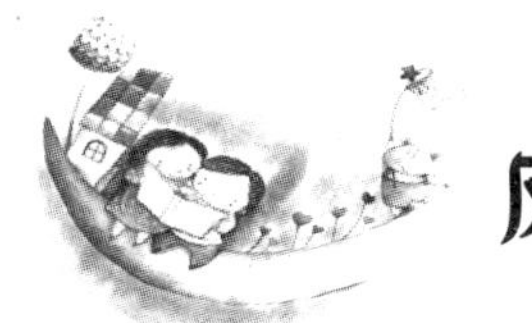

风流子

环卫办马主任的老婆和作家见了一次面后，就在一个阴雨绵绵的下午，主动给作家发来一条信息，内容是：我的大作家，我现在流香宾馆308房间，如果你真想和我发展关系，就请你在半小时内赶过来，否则，我就退房。

作家看了信息后，额头上直冒汗，不知如何是好。作家万万没想到，那个长相非常不错的年轻少妇，在与他见过一次面后，竟会对他一见钟情。作家立刻回了一条信息，意思是：好的，我马上赶到。

作家拿起电动剃须刀，修整了一下自己的胡须。然后又在脸上搽了香，换上那件休闲服，下了楼，钻进附近一家农行，在ATM机上取了两千元，拦了一辆的，直奔流香宾馆。

作家按响流香宾馆308房间的门铃。马主任老婆从猫眼里看清是作家后，迅速打开门。作家闪电般地钻了进去。让作家大吃一惊的是，马主任老婆已经洗了澡，正甩着满头湿漉漉的长发，对他微笑。马主任老婆说："看你跑得满头大汗，快洗个澡吧。"作家用手抹了一把汗，有点犹豫。马主任老婆说："都说文人是骚客，我看你真不像个文人，怎么这么胆小呢?"作家只好钻进浴室，一边脱衣服，一边拍胸脯。作家觉得自己的心脏好像快要跳出来似的。

作家洗完澡，穿好衣裤走出来。马主任老婆已经换了一件薄如蝉翼的休闲服，斜躺在沙发上。作家小心谨慎地坐在床沿上，准备和她交谈。马主任老婆用手轻轻拍了拍旁边那块软绵绵的沙发，说："坐过来呀，我又不是老虎。"作家小心翼翼地坐在了马主任老婆身边。马主任老婆对他微微一笑。作家仿佛闻到了马主任老婆身上那股迷人的香味。那香味就

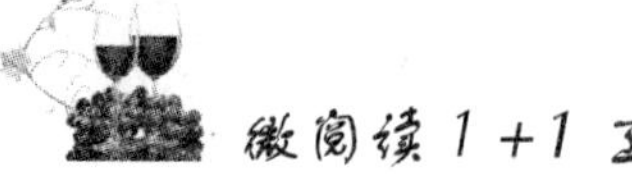

像一股真气，迅速打通了作家的五穴六脉，整个身体就像开启了发动机的汽车，在预热。作家觉得自己身上的血液开始沸腾了。他甩了甩脑袋，企图甩掉脑海里那一群群像蚂蚁一样爬上来的男人与生俱来的占有欲。马主任老婆说："你怎么了？脖子痛？"作家说："没有，没有呢。"马主任老婆侧过头准备问下一个问题。作家异常冲动地要去抱马主任老婆。马主任老婆好像早就料到作家会这样做，她恰如其分地躲开了。马主任老婆说："干吗这么急？"作家喘着粗气说："没办法，我真不知道，我们该如何开始。"作家那双控制不住的手又要伸过去，被马主任老婆给挡了回来。马主任老婆说："别这么急，好吗？难道你真的没玩过情妇？"作家喘着气说："没有，真的没有。"马主任老婆不慌不忙地从坤包里掏出两张纸，交给作家。作家说："这是什么东西？难道你也喜欢创作？"马主任老婆说："你看一下就知道了，总之，做这种事情，必须严格遵守纪律，我可不想因为你，把自己搞得人不像人，鬼不像鬼。"

作家打开那两张纸，是一份协议，内容是：

一、严禁双方用手机、办公电话、家里座机直接联系对方。如果一方想另一方而要求约会，必须使用公用电话亭的电话联系对方，通话时间不得超过2分钟。

二、严禁一方用手机给另一方发信息，双方不得用手机贮存对方的手机号码。

三、双方除了在约会地点可以交谈外，其他任何场所偶然相遇，一律装着不相识，形同路人。

四、双方应至少准备两张假身份证，以方便约会开房时之用。

五、约会时间应选择在上午9点半至11点之间（此时公安部门一般不会查房）。

六、约会地点必须选择在离市中心25公里以外的地方。

七、赴约时，必须绕猴子石大桥兜一个大圈，再换乘另一辆的士前往。

八、严禁一方赴约时，自行驾车或乘坐熟人的车辆，抄近路前往。

九、一方遇到重大事故，如家庭矛盾、疾病、残废、死亡时，另一方不得有任何出于同情、怜悯的行为举止，不得前去探望对方。

十、双方均不得近距离接触对方的家人和亲属，不得闹离婚，不得破坏对方家庭。

十一、约会时，双方不得同时到达约会地点，晚到的一方必须先到约会房间的其他楼层至少逗留1分钟，如约会房间为3楼307房，晚到者必须先到其他楼层打一转，然后才能迅速进入约会房间。

十二、双方亲热时，必须实行全裸，以防止一方将口红印、香水味、烟草味、身体气味带到另一方衣服上。

十三、做爱时，男方必须戴避孕套，并确保女方不受孕、不怀孕，男方不能要求女方为其生子。

十四、做爱时，双方均应戴肉色手套，以防止一方兴奋时不小心抓伤对方，留下不该有的痕记。

十五、做爱之后，双方必须刷牙，必须为对方至少清洗身子2次，以彻底消除对方身体上的任何气味。

十六、鉴于男方在做爱之后，体液物会在一小时内陆续溢出，因此，男方必须在做爱一小时后，再清洗一次自己的下半身，方可穿衣出门。

十七、双方不能打听对方的真实姓名，以防止任何一方在与自己的配偶圆房时，因达到性高潮，而不小心喊出了另一方的名字。

作家看完这份协议手稿后，满头大汗。马主任老婆说："你怎么了?"作家说："没什么，我只是觉得你想得太周到了。"作家收起那两张纸，准备办事。马主任老婆说："你还没签字呢？对了，我包里还有一份。"作家说："还要签字?"马主任老婆说："当然要签字，不然，我不会这样接受你的，我可不是那种随便的人。"

作家在两份协议上签完字，又想办事。马主任老婆说："你先别急，我问你，你刚才怎么来的?"

作家说："打的呀。"

"一辆的?"

"是的。"

"直接过来的?"

"是的。"

马主任老婆说："那你回去吧，重新来一次。"

作家说："为什么？"

马主任老婆指着协议第七条说："这上面写得清楚清楚，赴约时，必须绕猴子石大桥兜一个大圈，再换乘一辆的。这两点，你都没有做到，当然要重来啰，这既是对我好，也是对你好。懂吗？我的老乖乖！"

作家听后，目瞪口呆。

麻麻亮的天

黑面公公吃得正带劲，窗外那棵躬腰的柚树经不住突来寒风吹打，把满身的树叶摇得哗哗响。那风就像一个奔跑着的幽灵，跳进窗台，在黑面公公屋子里打了一圈，然后毫不犹豫灭了黑面公公眼前那盏破油灯。黑面公公放了碗，摸索着来到碗柜旁，伸过手，顺利取下柜顶那盒油漫漫的火柴。“呲”地一声，豆大的火苗霎时照亮了黑面公公的脸庞。幽灵终究没放过那点火苗。黑面公公鼻孔里闻了股香喷喷的硫磺味，马上又蹿进一股恼人的烟味。黑面公公骂了一句“肏你妈妈的。”再掏火柴时，明显感到里面的棍儿不多了。“呲”地又是一声，刚擦出火花，又没了，同样留给他一股淡淡的香。黑面公公将最后一根火柴郑重其事地划着。亮了。火苗朝两边摆了摆，直了。黑面公公取下豁了口的肚子像怀了孕的玻璃灯罩，把灯点上，端了碗，准备继续吃。嘴巴还没动几下，凉瑟瑟的幽灵再次扑来，灭了他那盏破灯。

屋里死一般地静。

柚树叶拍得更响了。黑面公公从火塘抽出一根柴火，在黑沉沉的屋内时隐时现地划出一道火线。终于从屋角摸到了那块厚墩的松油枝，又摸到一把柴刀，一阵猛劈。然后抓起一个卷了头的薄松枝片，对了柴火吹。不多久，黑面公公手里就捏上一道坚挺的火把，照得自己满是亮堂。黑面公公将火把搁在火堂边的青石板上，叭唧叭唧吃他的饭，吃得脑门上的青筋一缩一胀。

照规矩，黑子是今晚该回来的，而且是该吃过晚餐回来。黑子不是黑面公公的女人，也不是他儿女，是一头货真价实的猪，更确切地说，是一头专门给人家配种的公猪。溪口村方圆几十里，就黑面公公养这种猪。乡下人不叫它公猪，统统叫猪郎牯。大凡在乡下，一般人家是绝不会养猪郎牯的，除非他（她）无儿无女，孤家寡人。家有猪郎牯，仿佛代表着一种力不从心的无奈，代表着一种没落。黑面公公本不是没落的一代，但运气不好，懂事的时候，就解放了。其实，黑面公公年轻的时候长得并不差。因为是个地主崽，所以一直没人敢要他。等政策有了松动，他又不怎么急了。有个名声不怎么好的女人曾与他生活过两年，一直没怀上，那女的跟着别人走了。留下黑面公公和他的老娘。老娘死后，这栋飘飘摇摇的小木屋里就只住着黑面公公一个人。后来，也就有了黑子。黑子长得很魁梧，项背上的黑毛很粗，嘴巴也吓人的扁，特别是屁股后面那两个油亮亮的球，黑乎乎地甩着，很是阳刚。一旦放出来，黑子准会轻而易举地雄气赳赳地寻着别人家的猪栏，即使有孩子在路前挡道，它也会毫不犹豫地冲过去，吓得挡道的孩子退倒在地上，哇哇直哭。黑面公公一面在火膛边洗脚，一面想着黑子的事，脸上不免带了一丝笑。

黑子如果这时候回来，黑面公公一定会去摸摸它的头，看它是否伤了元气。板栗冲的路不好走，都这时辰了，黑子要是回，肯定走得很辛苦。黑面公公叹了口气，去倒他的洗脚水。屋门外那个长长的木栏屋，就是黑子的家。下午的时候，黑面公公还特意到禾场里抱回一垛稻草，他想，黑子这几天连续作战，肯定是耗了体力，伤了元气。它真应该回家好好休息一晚了。那些赶了黑子的主子们，又不全讲良心，既要黑子使足劲，又不愿给它足粮吃。为防止这种伤心事发生，黑面公公通常会在黑子回家的时候，给它准备一顿丰盛的晚餐。

差不多又等了一个时辰，还是没黑子回家的迹象。黑面公公有点心冷。照规矩，黑子是该回来的。黑面公公举了松枝火把，来到屋外的泥塘口，孤零零地站着。板栗冲方向的山看不出究竟，像是被人搬走似的。山那边没有丁点儿星火，夜空也没半颗星，整个村子都沉浸在黑漆漆的夜色中。王胡子家的狗，偶尔发出几声叫，异常空旷地回荡在山湾里。

外面凉得怕人。黑面公公蹩进火塘边，用铁铗拨过来一大团火星，

撩开里衣，露出肚皮，对着火星子们猛烤。

黑子在的时候，这时辰，黑面公公早就进了被窝。可是，黑子还没回，他有点不放心，他一定要等黑子回来。村里好像还有人没有睡，甚至还有人在淡淡的灯光下吃晚饭。偶尔听到大人的骂声：肏你妈妈的，从牢里放出来的呀？接着，就是娃儿的哭声。好像还打烂了碗。大人在骂："你再哭，把你挑出去埋了！"

如果不是青胡子那么狠，黑面公公也不会是五保户。几十年前的那一幕，仿佛就在昨天：那天晚上，黑禾田唱老戏，锣鼓已经敲了好一阵，台上也有人在翻筋斗。自己坐不住，悄悄来到溪口禾田的草垛边，静静地等。戏台上包大人出场的时候，溪那边过来了人，后脑壳上扎了一个晃悠悠的鸡尾巴，不用多猜，那当然是桂花。桂花就这么大摇大摆地过来了，我当时的心"扑咚扑咚"地跳。和桂花在草垛下刚坐上几分钟，还没说上几句话，后面就跳出来青胡子。把我和桂花都吓了一惊。青胡子凶神恶煞地一把抓了我的头发，铁着脸骂："肏你妈的黑面，你这个地主崽子，也敢勾引我家桂花？你今晚怕是骨头在痒了?!"接着，又跳出来一个鳖口、一个崩子狗。青胡子吼着对鳖口说："快把桂花拉走！"青胡子要崩子狗从背后把我死死抱住，他那只鬼手像铁铗一样，在我腿窝子里用力捏。那比后来王五整我这个地主崽时还要痛。开头好像是气门被堵了，越捏越紧，越捏越堵。我知道，对面戏台上的包大人肯定在咚咚锵锵的锣鼓声中威武地摇着他的头。陈世美也应该出场了，他要剁那个陈世美……我分明感到陈世美的可恶，包大人也可恶了，宋皇帝也可恶了……青胡子也可恶了，我自己也可恶了……什么都可恶，全世界都可恶……一切都乱套了……我在一切都可恶的挤压中，忍受那撕心裂肺的痛。我叫得恐怕比台上的包大人还要响亮。透过泪的视线，我看见桂花在那边跳脚，她仿佛要冲过来，却被青胡子扇几耳光。青胡子对着桂花吼："你再过来，我就把这个地主崽给剁了！你信不信?"几十年的事了，过得也真快。黑面公公长长地叹了一口气。前天，在黑禾田的场份上，黑面公公遇到了桂花娘娘。桂花娘娘守着几个黄澄澄的柚子在卖。黑面公公本想回避她。桂花娘娘搭腔了，说："拿

个柚子去吧，不酸！”黑面公公心窝子跳得很厉害，翘起胡子说：“不要不要，我家有一棵呢，还是沙田柚，我划不到这东西。”黑面公公想走，桂花娘娘又说：“还喂猪郎牯么?”黑面公公“嗯”了一声。桂花娘娘又说：“我家那个要死的，最近总是打转转，潲也不呷，怕是走草（发情）了。”黑面公公笑了笑。桂花娘娘正经地说：“后天我来你那赶猪郎牯。”黑面公公又“嗯”了一声，已经跨出几步远，但他马上站定了，返过身，低低地说：“你难得走，我把它赶到半路上来。”桂花娘娘还想说点什么，可是有人要买她的柚子。想起这个让自己绝后的女人，黑面公公有点爱恨交加。嗯，桂花也可怜，嫁了个支部书记的儿，可惜生下的都不太中用，老大是跛子，老二又是哑巴，老三老四老五算也正常，可惜又都是女娃子。那个支部书记的儿也真不争气，播下一窝种，身体又不好，累了桂花，还让她守寡七八年。“作孽呀——”

叹息声中，屋外有了动静。是黑子的脚步声。

“黑面公公，黑面公公呀——”毛鸡公在屋外大声喊。

黑面公公走出去，看见毛鸡公一手举着火把，一手捏了根长毛竹。黑面公公顿时心里发虚。毛鸡公说：“黑面公公，我今天送晚了些。”黑面公公说：“我家黑子吃了吗?”毛鸡公说：“吃了，还是糠食呢!”毛鸡公又说：“我家那死×架子太小，受不起你家黑子，爬了十多个回合，勉强进去两次，也不知道中彩了没有。”黑面公公说：“你怎么能用竹子赶它呢?”毛鸡公说：“怎么啦?”黑面公公毫不客气地说：“我说你毛鸡公就是毛鸡公，你没听说赶猪郎牯最要不得的是用竹子赶么?”毛鸡公不明其中道理，也不再过问，伸了手，摸着自己的后脑壳，憨憨地笑。黑面公公迅速来到猪栏边，翻身进去，摸着浑身油黑的黑子。黑子仿佛也认识他，跷起它那张格外宽泛的嘴，对着黑面哼哼地应。黑面又去摸它的肚子，发现里面着实有些胀，这才放心出了栏。收过毛鸡公的钱，黑面公公说：“不回去了么?”毛鸡公说：“明天还要上山摘菜油籽，就不歇了。”黑面公公也不留他。他毛鸡公也太二百五了，拿着竹子赶黑子，也不知道他打了没有。

天刚麻麻亮，黑面公公就起来为黑子准备早餐。他点了松枝火，守在猪栏口，看着黑子“吧嗒吧嗒”进食。黑面公公摸着黑子的头说：“黑子呀，加油吃，吃个饱，马上送你去做新郎，这一回呀，你可一定得像个真正的男子汉，使出你的猛招，让人家好好快活一回，知道么?”黑子间或抬起头，望了黑面公公一眼，两扇耳朵扇得很雄伟。

鸡叫第三遍时，黑面公公就和他的黑子出发了。他们踩着黑夜里的最后一道暗光，满怀信心地走向黎明。

一落索

作家掏出几天前购买的那份人身保单，放在台灯下细看，在核对了保单生效日期之后，他自言自语地说："现在可以了。"

作家走进卧室，穿上那件加厚背心，再套上外套。他又从抽屉里翻出那副崭新的牙套，塞进嘴里，对着镜子照了照，发现自己并没有走样。然后，他来到凉台边，从铁网上取下那个特制的网状铁环，箍在头上，再戴上那顶灰色薄帽，"扑通扑通"地下楼去了。

作家来到公交站台。一辆辆公交车迎着朝阳摇摇摆摆地游过来。车上的乘客稀稀拉拉，少得可怜。作家决定再等一等。等了将近一小时，北面终于游来一辆挤得爆满的公交车。作家迅速取下眼镜，将眼镜装进硬盖子镜盒里，然后和其他人一样，拼命涌向那辆公交车。后门刚一打开，又立马关上了。六七个要上车的人一起扑向公交车的前门。司机一只手撑着方向盘，一只手像猴一样地长长伸出来，接钱，刷卡。司机说："大家往中间挤一挤，别堵在门口。"作家趁势挤上了进门口的最后一个台阶。作家企图抓住前面那只抓环。但慌乱拥挤之中，他抓到了一个女孩的手背，暖暖的，滑滑的。女孩将手抽了回去，朝他瞟了一眼。

车子摇摇晃晃地簸动起来。整车人上半身和下半身都在不规则地摇晃着。

作家松开抓手，将身子贴近那个女孩。作家努力地吸了一口车箱里龌龊的空气，闭上眼，然后将右手伸向女孩手臂上套挂的那个手包。作家拧着拉链轻轻地往下拉。拉到五分之一的时候，女孩看见了，先是睁大着眼，然后嘟了嘟嘴唇，转动了方向。作家装着若无其事的样子，侧身挤了过去。几分钟后，作家那只手又去拉女孩的手包拉链。女孩狠狠

地瞪了作家一眼。作家一边装着欣赏外面的风景，一边继续伸手拉拉链。作家的手一伸过去，就被女孩用手重重地拍了一下。再伸。再拍。再伸。再拍。作家没能拉开拉链，那位年轻女孩就下了车。

作家继续夹挤在人群中。这时作家身边过来一位肥肥胖胖的中年少妇。她正在啃手里的玉米棒子。作家静了静心，将右手伸进那位中年少妇的挎包里。作家这回终于把手伸进去了。他掏出来一盒避孕套，作家又把它放了进去。不一会，作家又掏出来一包卫生巾，他又把它放了进去。作家第三次在里面鼓捣时，中年少妇发现了，目瞪口呆。中年少妇甩掉没有啃完的玉米棒，主动从包里翻出一个小钱包，掏出一张拾元券，然后毫不犹豫地将它塞进作家口袋。作家掏出那张拾元券还给她。她又掏出来塞进作家口袋。就这样几个来回，把周围的两个人都搞懵了。公交车还没停稳，中年少妇就捏着那张拾元券跳了车。

旁边一位目睹作家与中年少妇来来回回塞钱的青年男子还在用惊讶的目光注视着作家。作家一边看着窗外，一边伸出右手往这个青年男子口袋里放。青年男子呆若木鸡地望着作家，然后本能地用屁股往后面退挤。青年男子好像踩到了一个女孩的脚。只听那女孩埋怨说："挤什么挤？真是的！"作家的手还在往青年男子口袋里放。青年男子还想继续退。作家轻声地说："你打我呀，你怎么不反抗呢？"青年男子轻声地说："不不不，大哥，你要多少？"作家没有正视那个青年男子，只是一个劲地将右手朝他口袋里放。公交车刚好上了一座桥，桥下河水悠悠。青年男子扒在人群，喊道："师傅！停车！"开车的司机不理睬这个青年男子，继续把车开到桥中央。这时，有人喊道："师傅，开慢一点，有人要跳车了！"只见那个青年男子从窗户上翻了下去，然后又从桥上纵身跃入清澈的河水中。一车人大为震惊。大家都伏在窗户边看那位青年男子在冰凉的河水里游。

作家又来到一位满头银发的老头身边。老头好像早已察觉到作家的一举一动。他望着作家，表现得异常紧张，他嘴里那颗金牙裸露在外，闪闪发亮，嘴里的舌头好像一条潜伏的鳄鱼，动了几下，又躺在其中。作家刚把手伸过去，就被老头抓住了，作家准备忍受即将发生的一顿暴打。可是，老头抓住作家的手往他口袋里塞。作家从老头口袋里掏出一本老干证。作家想看一眼老干证上的照片。老头又抓住作家的手，往他另一个口袋里塞。作家这回掏出来一本存折。瞟了一眼，是中国农业银行的。老头颤悠悠地掏出笔和纸，写给作家一行字：密码54188。作家觉得这密码很好笑，但他没有笑。作家撕掉了那张纸。老头更加吃惊。老头掏出手机往自己嘴上砸。金牙没被砸下来，老头的嘴却被砸得鲜血直流。几个乘客都看傻了眼。很快，有两位脸色苍白的乘客借机将那位老头扶下了车。

作家继续靠近周边的猎物。他将手伸进一个穿解放鞋的农民口袋里。农民顿时就有了反应。他说："都是屋边上的几个熟人，你就下手了，这样不好吧。"作家装着没看到，好像那只手不是他作家的。农民又说："伙计，请把手拿开。"作家小声地说："反抗呀，你为什么不反抗?"农民来火了，握起拳头，朝作家头上抡。抡了一下，农民就甩着拳头，咧着牙，惊恐万分。作家噜了噜嘴，像是什么也没发生，继续在农民身上摸。农民说："你这不是抢吗?"作家继续摸他的口袋。农民侧过身，从箩筐里取出一根绳索，三下五去二，就把作家给绑了。一车人惊慌失措，都在往车那头挤。

农民喝着司机停车。然后推着作家往派出所方向走。作家吐出嘴里的牙套，摇了摇头，露出无奈的笑。

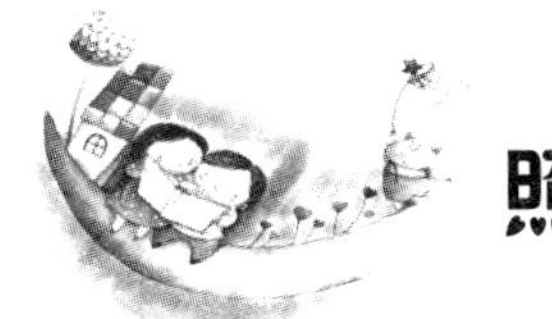

照　相

青岛美得让霍元彪几乎傻了眼，但霍元彪还是不敢多看几眼。下了飞机，霍元彪搭的直奔棕榈岛亚特兰蒂斯酒店。

霍元彪火速来到蔡副局长入住的那个房间。

蔡副局长正等在那里。蔡副局长说："你赶紧给我写一个汇报材料，把我们局上半年的工作全面总结一下，角度要新，内容要细，三千字左右，下午我们江南分局第二个发言。"

本来，总局在青岛召开的这个会议，应该是霍元彪的处长和蔡副局长一起来的。处长家里临时有事，没去。蔡副局长原以为这样的会议，照例是喝喝茶，听听讲话，吃吃海鲜怎么的。没想到总局的一把手临时要来，而且临时安排了四个分局上台发言。江南分局就是其中之一。

这天下午，蔡副局长刚发完言，老家就打来电话，说他父亲不行了，等着他落气。

身为长子，应该得到老人临终前的一丝嘱咐。因此，蔡副局长就立马离开了青岛。把这个不是来开会的霍元彪留下来继续开会。

在接下来的每个会上，霍元彪都变得诚惶诚恐。其他参会人员一个个懒洋洋地听，只有他霍元彪在拼命作记录。会场上每一个发言者所说的每一句话，几乎都被霍元彪一字不漏地记录下来。一个下午，霍元彪整整记录了一本。两天半下来，霍元彪记了四大本。与会人员对此都大吃一惊。

会议最后一个环节，就是照合影照。

酒店门口那宽敞的草地上，已经摆好了两排长凳。满身口袋的长发

摄影师正忙碌着支起一个三脚架，他在选最好的拍摄位置。

与会代表拖拖拉拉地下楼了。

一个戴太阳帽的红嘴妹拍着手掌喊道："快一点，大家都快一点，现在光线正好。"

还有人三三两两从酒店里出来。

红嘴妹依照长发摄影师的意思，大胆地说："领导们坐前两排，其余的靠后站。"

上了年纪的局领导开始入座了。年轻的局领导也纷纷坐上去。

霍元彪早已站在第二排后面的一个位置上。他双手扶着前面的座位。这个座位上坐着一位头发绝顶的局领导。那位局领导说："你是哪儿的?"

霍元彪说："江南的。"

那位局领导又说："江南的老蔡不是早溜了吗?"

霍元彪想解释，却被身边的那个高个子处长扯了扯衣袖。高个子处长说："你贵姓?"

霍元彪说："免贵，姓霍。"

高个子处长又说："是霍处长?"

霍元彪说："不是呢。"

高个子处长劝霍元彪往那头站。

霍元彪从那个位置上撤出来，他站在了第三排左边的第三个位置。

第三排左边第二个位置上站着一位肥头大耳的处长。肥处长说："你是处长还是副处长?"

霍元彪说："不好意思，我既不是处长，也不是副处长。"

肥处长大吃一惊，说："那你来干什么?"

霍元彪还来不及解释，那位肥处长就把霍元彪挪在了自己右边。

第三排最左边的处长，戴着一副深度眼镜，镜片上的圈圈非常明显。眼镜处长用右手扶了一下镜框，瞪着霍元彪说："你是副处长?"

霍元彪说："不是，不是的。"

眼镜处长张大嘴巴说："那你也来开会?"

霍元彪想解释什么，这时，总局的大人物下来了。也不知是谁鼓起

了掌，霍元彪也跟着鼓掌。总局三位大人物在大家的掌声中，顺利地坐在了第一排预留好的座位上。

霍元彪停止鼓掌时，他发现那位眼镜处长已经站在了自己左边。也就是说，霍元彪现在所处的位置是第三排左边第一个。

长发摄影师甩了一下头发，小跑着来到队形的正前方，他树起一根指头说："大家看好了，后两排的，身子都往中间靠一点。"

霍元彪努力地往左边那位眼镜处长身边靠，可他怎么也靠不过去。长发摄影师指着霍元彪说："第三排人多了，左边那个站后面去。"

霍元彪心里掂量着，就掂量到了自己。他知道摄影师说的就是自己应该站到后面去。

霍元彪小心翼翼地站到第四排最左边的位置。他左边是个鼻孔很敞的处长。鼻孔很敞的那个处长说："哪里的?"

霍元彪说："江南的。"

鼻孔很敞的那个处长说："江南的? 江南分局不是张处长、罗副处长、陶副处长、黄副处长吗?"

霍元彪说："他们都有事，来不了。"

鼻孔很敞的那个处长说："你是科长?"

霍元彪说："不是。"

鼻孔很敞的那个处长张合着他那对很敞的鼻孔，惊讶地说："你是副科长?"

霍元彪说："也不是。"

鼻孔很敞的那个处长"啊"了一声，就听到前面有领导在说，"静一点，听摄影师说吧。"

那位长发飘飘的男摄影师开始调侃了，他对大家说："茄——子!"

坐着的以及站着的都在努力地调动情绪，他们要把最美的容颜和最好的心情留给这美丽的青岛，留给这超豪华的棕榈岛亚特兰蒂斯酒店。

这时，红嘴妹跑过去，她把夹在最后一排左边第三个的霍元彪叫了出来，她说："你是来开会的吗?"

霍元彪本想说是，但他又想到自己不是正式通知来的，他只是临时代会，因而就说："不是的。"

红嘴妹大吃一惊，说："你不是来开会的，那你站在里面干什么？再说，你站在里面也没用，根本看不到，他们两个实在太高了。"

红嘴妹说："你跟我来吧，我们那个三脚架不是很牢固，请帮忙用手扶着。好吗?"

霍元彪满头大汗地说："好的。"

恐惧症

星期天上午，江主任刚刚坐到他老乡薛局长家的沙发上，茶水还没喝上一口，就听到有人在捶门。薛夫人刚打开门锁，门就被推开了。门口那个戴平顶帽的高个子说："这是薛忠海家吗?"薛局长站起来说："什么事?"戴平顶帽的高个子说："你是薛忠海么?"薛局长说："是的，找我有什么事?"戴平顶帽的高个子从包里抽出一张搜查令，在薛局长眼前晃了晃，然后打了个手势，门外几个戴平顶帽的鱼贯而入。眼神像刀的那个迅速从腰里抽出一把锋利的水果刀，对准薛局长家的皮沙发一路划过去，用手一掰，就掰出二十多扎钞票。身材肥大的那个将肩上的工具包丢在地板上，拉开拉链，从里面取出一把榔头，走到卧室过道的尽头，对准那尊观音菩萨瓷像就是一榔头，咣地一声，几捆钞票滚了出来。个子消瘦的那个干脆揭掉头上的平顶帽，从工具包里拿出一把两头尖尖的小挖锄，钻进卫生间，在坐便器附近一阵猛挖，没多久，他也挖出来几捆钞票。戴眼镜的那个，手里捏着一个带圈的探测器，在墙上边移边探，探到挂画像的位置时，他停下了，把手一扬，操挖锄的那个奔过来，对准墙就是几锄头，立刻现出一个洞，把手伸进去，就掏出来几捆钞票。鼻子红红的那个，很快就用工具包里的零件，装配成一把钢锯，他拖来一张凳子，站上去，几钢锯就锯断了客厅上面的装饰板，五六块金条从上面掉下来，然后，他又去锯房间的那个木柱子，柱子居然是空的，里面有不少闪闪发亮的东西……不到一小时，薛局长家的客厅、沙发、墙壁、屋顶、卧室、床、柜子、柱子、卫生间，全被刀、榔头、挖锄、钢锯糟蹋得面目全非。一大堆钞票、金银首饰、古董字画被搬了出来。

江主任看得目瞪口呆。

那个戴平顶帽的高个子走过来，对这个呆若木鸡的江主任说："你看什么看？你是他什么人？"江主任两眼发白，不说话。那个戴平顶帽的高个子用手重重地在江主任肩上拍了一下，说："问你的话呢？"江主任终于反应过来。他打着哆嗦说："我是他老乡，刚来串门的。"那个戴平顶帽的高个子提高嗓门说："那你站在这里干什么？还不快走？难道你们家也想试一试？"

江主任一路狂奔回了家。

刚到家门口，江主任就碰上正要出门打牌的老婆。老婆见他满头大汗，说："你这是怎么了？"江主任说："太吓人了！太可怕了！"老婆说："到底出了什么事？"江主任没说话，他钻进房间，从抽屉里拖出一把榔锤，对准电视机就是一榔锤。他把里面那四块劳力士手表捡出来。老婆非常震惊，说："你这是干什么？"江主任边走边说"太吓人了！太可怕了！"他又迅速冲进卧室，咬了牙，一个人将床挪开，用榔锤使劲锤床底中心的木地板。木地板被砸开了。他把里面的几捆钞票拿了出来。老婆走进来，惊讶地说："你今天发什么神经？"江主任边走边说"太吓人了！太可怕了！"他走出卧室，来到客厅，跳上电视柜，取下墙壁上那幅精美的画，然后用榔锤砸墙，他立马就在画的位置砸出一个圆圆的洞，把手伸进去，取出几捆钞票。老婆流着泪说："你疯了？你今天说话呀？"江主任边走边说"吓死人了！"他来到厨房，弯了腰，开始拉那台超大的双门冰箱。老婆冲过来，在他脸上抽了几掌，然后两只手捏着他的肩胛骨，边摇边哭地说："今天你到底怎么了？你说话呀！"江主任似乎有些清醒了。他拖着极不均匀的气息说："我刚在薛局长家里坐下来，茶还没喝，就来了一伙戴平顶帽的，他们将一张纸在薛局长眼前晃了一下，就开始划沙发、砸地板、锤墙壁、锯屋顶、挖卫生间，全都弄出来了，一大堆！太吓人了！"老婆一屁股坐了下来。江主任说："你还坐在这干什么，还不快帮忙？"他们很快将双门冰箱拉了出来，在冰箱位置往下锤，锤出一个长方形的洞。他们把里面的两块金条取了出来。老婆说："这怎么办？"江主任说："我也不知道。我要去通知其他几个老乡！"

江主任一路小跑来到老乡孙部长家。孙部长把门拉开，见他满头大汗，就说："怎么回事？满头大汗的，怎么不事先说一声？"江主任说：

"太吓人了！"孙部长说："什么事？"江主任说："我问你，你到底弄了多少？"孙部长莫名其妙。孙部长说："你今天怎么了？"江主任说："你就不要装蒜了。"说完，他钻进孙部长房间，拉开孙部长家的抽屉，操起一把锤子，走进孙部长书房，搬开书柜，对准墙壁猛锤。几下子，就砸出了一个完整的洞，他把手伸进去，掏出几捆钞票。孙部长大吃一惊。江主任说："你到底弄了多少？"孙部长说："你什么意思？"江主任一边说"太吓人了！太可怕了！"一边向孙部长阳台的橱柜走去，他拉开橱柜门，对着橱柜底部的木板几锤子下去，又在墙上砸出一个洞，他从里面又掏出几捆钞票。孙部长大惊失色。江主任说："你这样下去，真是太可怕了！你赶快把它弄出来，自己想办法！我还有事，我走了！"

江主任气喘吁吁地来到老乡刘厅长家。刘厅长正在卫生间大便。刘夫人问他说："你这么急找我家老头，到底有什么事？"江主任擦了一把汗说："怕死人了！"刘夫人说："什么事怕死人了？"江主任说："有锤子吗？"刘夫人说："要锤子干什么？"江主任说："等一下你就知道了。"刘夫人给他找来锤子。江主任又跑到厨房里，从刀具盒里操起一把尖尖的用来烫猪毛的铁钻子，推开卫生间的门。刘厅长正坐在马桶上。江主任蹲下去，朝着瓷砖一顿猛凿。刘厅长说："江学文，你这是干什么？"江主任边凿边说："怕死我了！"几下子，江主任就在马桶旁边凿出一个洞，用手一掏，就掏出几捆钞票。刘厅长张口结舌。站在门口的刘夫人两手捂着眼睛，惊叫起来。江主任站起来说："怕了吗？太可怕了！"江主任又要去凿其他地方。刘厅长连屁股都没擦就搂起裤子追了出来。他说："江学文，你可不要乱来！"江主任用锤子轻轻敲了一下墙面，然后把耳朵贴上去，准备用锤子。刘厅长说："江学文，求你别这样！"江主任说："太可怕了！我要走了！你自己了难吧！"

江主任一鼓作气来到老乡马总家。马总正在卧室里睡觉。他见江主任手里拿着一把钢锯，惊讶地说："江老乡今天怎么了？"江主任说："真是把人的魂都吓掉了！"马总一头雾水。江主任一脚踏在马总的床头柜上，用钢锯锯上面的装饰顶篷。一块石膏板掉了下来，接着，又掉下来几捆钞票。马总两眼发白，呆坐在床边。江主任弯下腰说："老乡，你到底还有多少？"马总说："没有了，就这些。"江主任跳了下来，钻进厨房，操起拖把，来到客厅中央，对着上面的装饰板一阵猛凿。又有几捆钞票掉了下来。江主任说："老乡，你到底有多少?"马总说："差不多每个角落都藏了一些。"江主任说："太可怕了！我要走了！太可怕了!"

很久才缓过神来的马总，毫无力气地俯在窗户边。他看见江主任进了一家五金店。没多久，他又看见江主任扛着一把长长的铁锤，急匆匆地向马路东边奔去。

好事近

局长将组织部长和作家领进A局会议室。会场立即响起热烈的掌声。其他几位副局长笑盈盈地拥过去，他们把组织部长和作家请上了主席台。

局长做了个简单的开场白，然后就把话题交给组织部长。组织部长说："同志们，今天，我把白描同志交给你们，希望你们认真配合他的工作。大家也许知道，白描同志是我省著名作家，也是全国知名作家，白描同志来经济部门挂职体验，既是缘于创作需要，更是对我市经济工作的有力支持，希望同志们多多支持他，包容他。下面，我宣读一下白描同志的任职决定。"组织部长宣读完作家的任职文件后，要局长说几句。局长说了几句，然后就在大会上明确了作家分管的5个处室：C处、E处、M处、P处和W处。

会后，P处处长将作家带进一间宽敞的办公室，他指着那张崭新的老板桌说："白局长，这就是您的办公桌。"P处处长搀着作家的手，要作家坐上去。作家刚坐稳，就听见有人在小声敲门。P处处长把门拉开，从外面接过四条精制的中华香烟，笑眯眯地放在作家办公桌上。作家说："这是干什么？"P处处长说："您的烟。"作家说："我要烟干什么？"P处处长说："抽呀！我是总务处长，您现在又分管我，您今后烟抽就更加方便了。"作家说："我不会抽烟的。"P处处长一脸震惊地说："您不会抽烟？当局领导的，竟然不会抽烟？太例外了！"作家说："怎么这么说？抽烟有害健康。"P处处长说："白局长，这我知道，但您也要想一想，当局领导的，不会抽烟，您让别人怎么想？他们会认为您摆架子，不怀好意，自己怕烟毒，却把烟毒让给别人，是不是有点太自私了吧？您让别人怎么相信您？"作家说："是这样吗？"P处处长说："是这样的！蔡副局长原来也不抽烟，当副局长不到一个月，就学会了。罗副局长没当副局长之前，原本抽烟，而且戒了两年，当了副局长后，他又抽起来了。因此，您必须学会抽烟。您不抽烟，您怎么和局里的领导加强合作？您不抽烟，您怎么与外面的领导进行沟通？”作家想了想，说：“那好吧，我试一试。”P处处长立刻掏出一支烟，给作家点上。作家抽了一口，呛得直流泪。P处处长说：“刚开始是这样的，慢慢抽，您就适应了。”

作家开完党委会刚进办公室，C处处长进来了。C处处长说：“白局长，今天我们约了一个高端客户，想在帝豪大酒店宴请一下，联络联络感情，请您作陪。”作家说：“好的，几点钟？”C处处长说：“六点，到时候我来接您。”C处处长刚走到门边，又返回来，他说：“晚上是喝洋酒？还是喝茅台？”作家说：“还要喝酒？”C处处长说：“肯定要喝酒，不喝酒，算什么宴请？不喝酒，怎么联络感情？”作家说：“那看看客户的需要吧，我是不会喝酒的。”C处处长大吃一惊，说：“您不会喝酒？太不可思议了！”作家说：“我家祖辈三代都不喝酒，我只要沾一点点酒，就全身发寒，就云里雾里。”C处处长惊讶地说：“不会吧，现在当领导的，哪一个不会喝酒？可以说，级别越高，酒量就越大。刘局长的白酒量是2瓶，蔡副局长的红酒量是5瓶，罗副局长的啤酒量是15瓶，郭副局长能喝4种酒，洋酒、白酒、红酒、啤酒，随便怎么混合，总量也不会低于1斤。您不沾酒，您今后怎么和他们打交道？您不沾酒，您怎么去开展业务？您不沾酒，客户又会怎么想？”作家说：“好吧，我试试，尽力而为。”这天晚上，作家在宴席上喝了两小杯洋酒，就倾倒在座位上。作家隐约听到C处处长和那几个客人猜拳，一桌人都喝得哈哈大笑。作家还隐约听到C处处长对那个客户说：“我们白局长是来挂职的，他是耍笔杆子的，因此就不会喝酒。”作家微微翕动了一下嘴角，继续装睡。

周四下午，E处处长神神秘秘走进作家办公室。他对作家说：“白局长，今晚有个客户想约我们潇洒一下，有空吗？”作家说：“干什么？”E处处长说：“具体干什么，我也不知道，客户打电话说，5点40准时到楼下接我们。”作家想了想，说：“好吧。”5点30分，E处处长来到作家办公室，领着作家一头钻进楼下那辆宝马车，一溜烟去了郊区一个餐馆。作家说：“又去喝酒？”E处处长说：“不喝酒的，我们都知道您不会喝

酒，吃点饭，然后就去潇洒。”吃完饭，宝马车又把大家拖到一栋别墅旁，那个穿花格子上衣的客户，引着作家和E处处长大摇大摆走了进去。作家被安排到一个豪华包房。作家刚坐下，一位男服务生就带进来两个靓妹。男服务生介绍说：“这两个是我们刚从成都和内蒙招过来的，都是实打实的硬货。”穿花格子上衣的客户满意地点了点头。作家说：“这要干什么？”E处处长解释说：“白局长，没什么，放松放松，做个按摩。”作家说：“做按摩怎么要两个人？”E处处长说：“要两个人的，这种按摩已经流行一年多了，您试试吧，很舒服的。”E处处长在高个子靓妹耳旁叮嘱了几句，然后关上门。矮个子靓妹迅速打了反锁，然后和高个子靓妹同时脱衣服。作家惊讶地说：“你们要干什么？”矮个子靓妹说：“按摩呀。”作家说：“我不做这种的。”高个子靓妹说：“已经安排好了，您怎么不做呢？”作家说：“我是领导，不可能这样的。”高个子靓妹说：“正由于您是领导，您才有条件享受这种服务。”作家急了，解释说：“领导是不可以这么乱来的。”高个子靓妹说：“乱来？这怎么叫乱来呢？我们这种服务，就是为您们这些领导推出的，很受领导们欢迎，更何况，我们这种服务需要提前预约的，您已经预约半个月了。”作家想起身离开。高个子靓妹一把拉住他，说：“我们的服务还没做，您就要走？您也太不给面子了，我们两个从内蒙、成都过来，在这里等您好几天了，现在您却要一走了之，您让我们怎么交代？”作家说：“有你们这样脱光衣服做按摩的吗？”矮个子靓妹说：“这种按摩本来就是这样的，您不想那个，您干吗又来呢？亏您还是领导，看您刚才的表现，我真怀疑您是个假领导。”作家还是要走。高个子靓妹说：“先生，您知道吗？我们两个都是处女，您如果硬要走的话，我们自己就把处女膜捅破，价钱还是算在您头上。”作家非常气愤，他说：“那你们就捅吧，反正我是不会做这种按摩的。”两个靓妹只好眼睁睁地看着作家夺门而出。几分钟后，E处处长汗涔涔地走过来，他问那个高个子靓妹：“客人呢？”高个子靓妹说：“刚走，他不配合，这也怪不得我们了。”E处处长大吃一惊，说：“你们没做？”矮个子靓妹说：“是的，但我们可是把衣服脱了，总不至于白脱吧。”E处处长说：“我知道你的意思，这样吧，今晚的事，打五折，行吗？你们可要等着，明晚我带另一个领导来，包你们满意。”

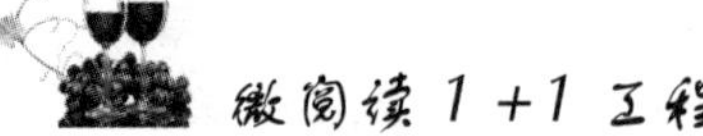

“三八”妇女节那天，M 处处长给作家打电话，说是有个客户要求晚上一起活动活动。作家说：“怎么个活动法？又去喝酒？又去按摩？”M 处处长说：“都不是，去喝喝茶，然后搞点别的。”作家有点犹豫，M 处处长说：“白局长，您别犹豫了，这样的活动有益于健康，您还是去吧。”作家勉强答应了。作家和 M 处处长以及手下的两位副处长在客户的引领下，来到一个包房。里面摆了一台自动麻将桌。作家说：“不是说喝茶吗？怎么来这里？”M 处处长说：“一边喝茶，一边活动筋骨。”M 处处长问作家是喝铁观音还是喝龙井。作家说：“随便吧。”一位副处长说：“白局长，不能随便的。”作家想了想说：“来杯铁观音吧。”另一位副处长拉开门，把手拍了拍，对那头的服务员说：“小姐，一杯铁观音，一杯碧螺春，三杯龙井，快一点！”M 处处长按了一下麻将的启动键，塑料框里那两个骰子哐啷哐啷转了几下。M 处处长说：“白局长，您按一下吧。”作家说：“我不会打麻将的。”M 处处长吃惊地说：“您不会打麻将？”作家说：“我从来没摸过，真的不会。”那位客户正在数钱，他在麻将桌的四个位子放了厚厚的一扎钱。M 处处长说：“当领导的一定要学会打麻将，不然，怎么和群众打成一片？不过，白局长，您不要怕，其实打麻将非常简单，您只管抓牌、打牌、抓牌、打牌就是了，丁副处长在旁边指导您，您放心玩就是了。”M 处的丁副处长搓了搓手，说：“白局长，您抓牌吧，包您赢。”作家耐着性子打了三个小时，手气旺的时候，赢了一万八，离场时，小赢一千二。

中秋节前十天，W 处处长笑容可掬地来到作家办公室，一进门，他就把反锁打上。作家说：“不需要打反锁的，你有事吗？”W 处处长说：“没什么事呢，来看看领导。”W 处处长边说边从包里掏出一个大红包。作家说：“你这是什么意思？”W 处处长说：“快过中秋了，给领导您拜个节。”作家说：“千万别这样，请你把红包拿回去！”W 处处长说：“这是应该的。”作家说：“什么应该不应该？我自己有工资，我不能收你的红包。”W 处处长说：“局里其他七个领导我都拜了，我不拜您，就是对您不尊重。”作家说：“你拜哪一个，我都不反对，单单你不能用这个拜我。总之，这红包请你务必拿回去，不然，我就交给监察室！”W 处处长听作家这么说，只好将红包收起来。W 处处长简简单单说了几句不痛不痒的

话，出来了。

这天晚上，W 处处长把这事跟老婆一说。老婆大吃一惊，说："你们那位挂职的副局长，是不是脑壳进水了？要么，他就有神经病!"

W 处处长附和说："是的，我想，应该是这样的!"

卖　羊

一

太阳还没翻过山头，黄四已经爬在了高高的山茶籽树上。

黄四的责任山就在去土背溪的路上，叫羊头坳，馒头形，有坡，不陡，高高低低全是山茶籽树。生产队时期，羊头坳每年要摘二十多担山茶籽，即使遇上产油不高的年份，也能收上百来斤山茶油。山茶油可是个好东西，用它炒出来的菜，光亮亮的，清香可口。常年吃山茶油，耳聪目明。这里的人把骄傲全押在这山茶油上。那年，村里的卷毛摔断了腿，进县城医院开刀，卷毛屋里的怕拿刀的医生不尽心，就从家里灌了一桶山茶油给医生，说："医生同志，你行行好吧，我家卷毛就这双腿，家里全靠他撑着，要是有个三长两短，这个家就垮了，农村也没什么好东西，就这点山茶油，请医生同志一定收下。"主刀那位医生见卷毛屋里的提了一大桶黄橙橙的山茶油，眼睛变得雪亮，说："好，好，这山茶油不仅能治高血压，还能预防冠心病！"第二天，那位主刀医生在卷毛腿边站了两个多小时，但还是让后来的卷毛走起路来有点像残了腿的狗。

树上的黄四猴子般地在树尖上攀越。他和树尖一起摇晃着。山茶籽拖着树枝，沉甸甸的，摇得黄四心里像吹开了一池秋水，格外舒畅。

黄四现在肥得像头猪，至少有一百八十斤。黄四娘生他的时候，正赶上天旱缺粮，黄四奶奶把黄四从黄四娘胯下拉出来时，就很不高兴，说，生得也真不是时候。守在门口的黄四爹听到黄四訇然大哭，就向屋里讨话：娃儿大不大？黄四奶奶说，像个老鼠崽，顶多四斤，这孩子没

法养。黄四奶奶的意思是想把黄四干脆送人。躺在床上的黄四娘听出了这层意思，狮子般地爬起来。门口的黄四爹也坚决反对黄四奶奶的想法，说，我就是宁可饿死，也要把这娃儿弄大。黄四的爹是伟大的，他真的用宁可饿死自己的方式维系着这个家。那年，整个村子都见不着米，黄四爹饿得两眼冒金花，啃了几大碗岩粑，当天晚上就撑死了。黄四的后来全靠山里的东西养大。黄四像个山人，一年四季差不多都在山里跑。野兔野羊成了他黄四手中经常性的活物。黄四就有这个本事，他跑得比狗还快。他成了远近闻名的猎物高手。在黄四手里卖出来的野味比村里人的红薯还要多。

黄四的好心情不仅来源于沉甸甸的山茶籽，更重要的是，他在树尖上有了一种莫名的兴奋。这种兴奋像一股电流，穿越着他全身每一个敏感部位，制造出一层又一层大海掀浪似的感觉。好久没有这种感觉了，真的，自打小芹失踪以后，他就没了这种感觉。包括他床上的生活。

二

多好的小芹！

小芹五岁时就能帮黄四扯胡子，一根一根扯下来，然后放在他黄四手心里，娇滴滴地数：1、2、3、4、9、6、8……黄四说，数错了，是5、6、7。小芹跟着数5、6、7。小芹第二次数时，又把它数成了9、6、8。小芹不会数数，这不影响黄四对她的疼爱。至少，小芹这孩子疼爹，不像黄四的大儿子黄山，要他帮忙盛一碗饭，他哼地一声就溜走了，还常常把人家鸡窝里的蛋捏得粉碎。在黄四一家四口当中，已经形成了一帮一的格局：小芹和黄四是一条战线的，黄山和黄四老婆是另一条战线的。遇上黄四和他老婆顶嘴时，小芹和黄山就表现得各就各位，愈加分明，这让黄四感到自己在家里没有多少地位。女儿小芹虽然站在自己一边，但她是个弱智，十几岁了，连数字都数不全。更让人难堪的是，小芹常常在别人的唆使下，毫无顾虑地脱衣服。像这样的小芹，即使站到了自己这边，又有什么作用呢？就好像你和别人吵架时，有个疯子站在你这边帮你说了一句人话，你可千万不要当真，疯子只是说说而已，他是成

不了多大气候的。

可气的倒是大儿子黄山，都念初中了，还改不掉和娘睡觉的坏习惯。有一次，黄四对大儿子黄山说，黄山呀，你也是个男子汉了，应该一个人睡了。黄山说，我才不理你这一套呢！黄四硬着脖子说，为什么？黄山说，你也是个男子汉，为什么老要跟娘睡？为什么不也一个人睡？黄四一时找不到语言，顿了半晌，没好气地说，鬼崽子，我是你爹，你娘是我老婆，我不跟她睡，我跟谁睡？黄四没能将儿子黄山从老婆身边赶走。黄四每次想那个的时候，就只能等待黄山熟睡过去再说。那次，黄四刚爬上老婆的身躯，睡在里侧的黄山就醒了。他睁着惺忪的睡眼说，爹，你为什么打我娘！黄四老婆见黄山在身边叫，慌忙将正来劲的黄四推了下去，说，你这个死鬼，还不滚下去！

黄四瞪着充了血的眼睛，狠狠地瞪了黄山一眼。

三

放眼望去，黄四看到了村外隐约相连的群山，像长城，嵌在天边灰蒙蒙的云朵下面，长城那边，该是人如浮萍车如水的城市了。小芹应该是从那里离开家的。或许我家小芹此时也正在某个地方看到那一道群山所连成的长城呢。黄四这么想。

黄四的眼珠子稍一转动，目光就往后挪去了大半个山头。这时，黄四看到了村口那棵老柿子树，歪歪斜斜地立在那。柿子树的叶子已经不多了，让人联想到过早秃头的男人。庆幸的是，柿子树上挂满了红红的小灯笼，把村口装扮得很有秋天的景象。

黄四的目光一不留心就移到了村子中央。黄四看到了瘸子卷毛。卷毛正端着饭碗在晒谷坪里吃饭。瘸子卷毛那种细嚼慢咽的动作，最能体现山里人的自在。黄四就喜欢卷毛那种性格，瘸了一条腿，还不当回事，说起话来，笑死人，而且又不把老婆放在眼里。麻将桌上，他娘娘的瘸子卷毛摸到“西风”就喊“西瓜一个”，摸到“白板”就喊“彩电一台”，摸到“一索”就说是“卵子一条”，很能激发玩牌人的兴趣。昨晚，卷毛输了十五块，回家的路上还摔掉了一颗门牙。大家都说他手臭，想必是摸女人摸多了。

黄四还看到了村里的兴子，他正挑着箩筐走出村口，后面跟了黄四家的那条大黑狗。黑狗讨好狗日的兴子，想必是因为狗日的兴子，家里养的那条母狗又怀春了。

黄四还看到了他家的羊。黄四老婆正赶着那群羊出村呢。

悠闲自在的人，只配生活在这悠闲自得的山村里。黄四打心里这么想。

四

在树上悉悉嗦嗦忙个不停的黄四隐隐约约又看到一个人，那人就在对面山路的林丛里，一闪一闪的，后面还拖着一股青烟。黄四倚在树枝上猜，那家伙到底是谁呢?

那人像捉迷藏似地和树上的黄四对峙着。

黄四心里想：这么早从那边过来，那人到底会是谁呢？是不是来偷摘山茶籽的土背溪人？每年这个时候，土背溪人就乱了手脚，他们跑到黄四山上偷摘山茶籽。他娘的，今天是不是又来放野了？黄四这下子，真的来了兴趣，他要看一看到底是哪个狗日的敢来沾我黄四的便宜。

那人终于现出了脑壳。黄四也终于看清了那人就是土背溪的本子。本子走在对面山路的一个拐弯处，住了脚，支开腿，从裤裆里掏出那个家伙，慢腾腾地撒起尿来。末了，黄四看见本子将那家伙摇了摇，身子抖动了一下，然后又慢悠悠地把它塞进去，接着又叭哒叭哒下坡了。

黄四重重地咳了一声。

对面的本子立刻放慢了脚步。本子努力伸出他那个短短的脖子，朝四周张望。本子当然没看见树上的黄四。但本子已经意识到了这附近一定有人，就是不知道这人是谁。

本子很想知道这山上的人是谁，于是就毫无对象地说起信口话："是哪一个哟?"

树上的黄四没有理他。本子没背背筐，说不定他是来打探情况的。土背溪的人向来都是这么阴。本子再次说了那句信口话，他想知道是谁，也好打听一下黄四在不在家。

本子要买羊。

五

树上的黄四停止了任何动静，他要看看那个狗日的本子到底还有什么好看的动作。黄四在树上静静地守候着。黄四眼里的本子有点像一只小心翼翼的獗鼠，边走边在观察周围的动静。

土背溪的本子可不是吓大的，别看他只有一米五七，连老婆都没有，他可是土背溪前几年流传的一个传奇。那应该是一九八九年那个汗气冲天的下午，本子赶集归来，在枫箱坪歇气。歇着歇着，他就觉得自己想拉屎。于是，他走到一堆毛草边，刚把屁股露出来，还没来得及蹲下，他就看到了那种事。本子看见村长正在路下不远处的一个林子里，用身体按着另一个人。村长的屁股在做俯卧撑似的，一抬一压，一压一抬。村长的头在树林里可以说是和本子的头在一条直线上。村长没看见本子，可本子却看见村长。本子提着裤子小心翼翼地钻到另一处丛林里。他想看清村长身体下面压的那个人到底是谁。本子已经忘了自己的大便，他在选择合适的地方观看村长。本子不能走得太近了，要不，村长会看见他的。被村长看见了，可不是什么好事情。本子还希望村长把村里的山塘包给自己养鱼呢！终于，本子看清了，村长身体下面压着的那个人就是小人的老婆茶妹。小人和本子很合得来，本子因此就很同情自己的好友小人了。本子觉得这事真有点难办。如果他过去阻止村长，那么鱼塘的事就没戏了，但是，如果让村长就这么放肆下去，他又觉得自己的好朋友小人太吃亏了。本子想了一个两全其美的办法。他没等村长把事办完，就在林子里鬼一样地大笑一声。这声音很刺耳，也很急促，让人听了，十分恐惧，也一时辨不出方向。本子亲眼看到村长慌忙搂起裤子，往山那边跑。后来，村长没把山塘包给本子。本子就笑眯眯地说：“村长，有一天我在枫箱坪看到一个人，不对，好像是两个人。”村长先是一惊，他那张爱理不理的脸立刻变得温和起来。村长明白了本子说的话。他说：“鱼塘的事，我心里有数。一年后，本子的鱼塘收入了不少，但本

子不愿兑现村里的承包费，他对村长说，交那么多，我可交不起。”村长说：“本子，你交这点钱，本来别人就有意见了，你不包，别人等着排队呢。”本子说：“谁？村长就把小人给供了出来。”

本子说：“村长，你认为我和小人谁最讲原则呢？”

村长扫了本子一眼，说：“你这不是在威胁我吗？我要是不把鱼塘包给你，又怎样呢？”

本子说：“那我就把我看到的，告诉给小人。”

后面的事情是，村长根本就不把本子放在眼里。本子于是也动了他最后一道杀手锏，他把那事告诉给了小人。小人不信。本子说：“我当你是兄弟，才把这事告诉给你呢。”小人还是不信。本子又说：“你如果真的不信，那就自己去问村长好了。”本子已经再也找不到其他话说了，就拖了这么一句出来。想不到，小人真的去问村长。村长对此事竟也毫无隐瞒。村长说：“有这种事，又怎样呢？”小人说：“那我就去日你的老婆。”村长说：“如果你小人真有本事的话，你就大胆地去吧，不去，就是猪日的！”

小人没去。他不但不是村长的对手，也不是村长老婆的对手。小人整个儿没有八十斤，长得像根豆角，他哪敢动这个手。可是小人又确实咽不下这口恶气，他成天放着狠话：我要砍村长的头！

村里人开始看到小人腰里成天撇着一把刀，在村子里走来走去。后来，小人就经常带一些不三不四的人回来，家里的活全撂给他那个年老的聋子爹。

一个好端端的小人，就这样变坏了。本子想起这件事，就觉得有点对不起小人。

六

本子断定这山里一定有人。本子望来望去，就望见了树上的黄四。

本子兴奋地说：“黄四，真巧，我正要找你呢！”

黄四说：“啥事？”

本子也没立刻回话，翘起屁股往黄四山里爬。本子喘着气说：“找你买羊!”

黄四说，你本子去年已经买过羊了，家里现在没有老人，还买什么羊?

本子说:“帮别人买。”

黄四说:“谁死了?”

本子说:“小人。”

黄四说:“不卖!”

本子翻着眼珠子望着黄四。最后，他想到了身上的烟。本子高高地举起一支烟，向树枝上的黄四递去。本子说:“黄四哥，小人死得很冤呀，你就不再和他计较了。”

黄四在树上笑着说:“死谁，我黄四的羊都可以卖，单单是死小人，我黄四的羊就不卖!”

本子把小人的死前前后后说了一遍。本子说，小人那一刀本来是要村长的命，可是村长躲开了，那刀子就捅在了小人自己的大腿上，捅破了动脉，没走几步，就死了。

本子还说:“黄四哥，小人现在死了，你还在怀疑他?你家小芹现在不是在那边过得很好么?”

黄四没有下树，仍在上面摘他的山茶籽。

黄四巴不得小人死呢!他小人还是人吗?村里村外的，抬头不见低头见，他却干那号事!有本事去卖别处的女孩子呀。现在弄得我家小芹回一趟家多么不容易!

本子说:“黄四哥，你也只是怀疑你家小芹是被小人给卖掉的，又没有什么证据。”

“不是怀疑，是肯定!”树上的黄四说，“我家小芹去年回家时亲口告诉我，是一个叫小人的，把她带到了安徽，他小人敢做就敢承认，这才叫好汉!现在老天总算开眼了，让不得好死的人不得好死!”

本子听了黄四的话，像一只泄了气的皮球。他不知道怎么办，他是来买羊的，现在他却只能蹲在茶籽树下，一个劲地扯杂草。

七

本子能够买到黄四的羊，完全是因为接下来的事情。

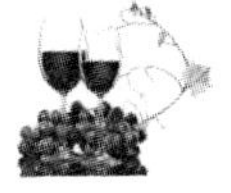

黄四要本子回去，就当小人的死，像死了个小孩一样，弄副木板把他抬出去，埋了，完全用不着杀什么羊。本子知道黄四还在说小人的气话。于是，呆呆地蹲在树底下吸他的烟。

不多久，村子里的卷毛在大声喊黄四，说他家里来了一封信。是安徽来的。

遥远的安徽立刻激起了树上的黄四浓浓的兴趣。那是他黄四家小芹来的信。快一年了，也不知她过得咋样。

黄四从树上跳下来，挑着半筐山茶籽准备回家。

本子说："黄四哥，我替你挑吧。"黄四知道本子还不死心，就说："你还是回去吧，死人摆久了，会臭的。"本子无声无息地跟在黄四屁股后面。一路上，只听见黄四的担儿叽呀呀地叫。

确实是小芹来的信。

拆开信，黄四就哭了。他捏着那封信，双手抓着自己那一脑壳鸡窝般的头发，汪汪地哭。

有人劝黄四想开点，远是远了点，可小芹终究嫁了人，这也是没办法的事。小芹那个男人虽然缺了一条腿，但也算不蠢。大家都见过。

本子已经相当为难了。虽然小芹嫁到安徽与他本子无关，可他今天来还是和这事扯上了关系。本子后悔自己不该替小人家来买羊，他更后悔自己不该把小人的死告诉给黄四。

本子打算就这么回去。人都死了，还买什么羊呢！

本子走到山腰，被黄四喊了回来。

黄四问他买几只羊。

这让本子大为吃惊。

黄四说，按理说，我还得感谢他小人呢，若不是小人费那个心，我家小芹是不可能摸到奖的。

很快，村里人都知道他黄四家的小芹在安徽一个小县城里摸到了五十万元的奖金。

八

黄四领着本子去山里牵羊。

黄四家的羊都是黑山羊。羊们正在山坡上啖树叶，肚子圆鼓鼓的。

黄四老婆见黄四领着本子走过来，就知道是冲着这群羊来的。

黄四老婆问："本子，你们村哪个死了？"

本子瞟了一眼黄四，又对黄四老婆笑了笑。

黄四问本子："你带钱来了没有？"

本子说："没有，等把丧事办完了，就付，这钱你放一万个心，村长答应出三千块，死人家里还有两头肥猪，绝对不会亏空的。"

黄四老婆这时没了好气，她站在羊群里说："本子，你父母都死了，今天到底给谁来买羊？"

本子见黄四把嘴巴嘟了嘟，就说，是我们村的小人死了。

黄四老婆大声说："我们家的羊，谁都可以卖，就是不卖给他那个该死的小人！"

羊们或许感觉到了自己的命运，纷纷昂起头，扇动着小耳朵，小嘴唇仍在不停地嚼动。

看来，只有靠黄四做工作了。本子举起无望的双眼，望着黄四，说："黄四哥，这——"

黄四走到老婆身边，把小芹信上的消息告诉给她。

黄四老婆全然没一点反应，她赶着羊群往山那边走去。

黄四说："你要往哪赶？"

黄四老婆说："是你放羊？还是我放羊？山上的茶籽摘完了是吗？"

本子根本想不到黄四会那样做。他看见黄四跑过去，捏着一只羊的脖颈，用力一转，那羊就瘫倒在地。

黄四老婆顿时杀猪般地叫。

黄四也管不了那么多了，他对本子说："只要一只？"

本子战战惊惊地说："只要一只。"

黄四说："你扛回去吧，这羊很恋我屋里的，她不同意，你是无论如何也赶不走这羊的。我也只能这样了。"

本子说："不称斤两了？"

黄四说："你回去自己称一下，称得多少，算多少，还有，我家小芹的事，你不要对任何人说。"

本子像谢恩人一样，谢过黄四，扛着半死的羊，飞快地走了。

山里回荡着黄四老婆的哭声和骂声。

九

小人的死虽然和村长有关，可终竟不是村长亲手捅死的。小人老婆跑到村长家，要找村长的麻烦，她刚扯到村长的一只衣角，就被村长给甩开了。小人老婆在村长家里哭了几声后，就被人给扶走了。大家都说，现在不是来哭村长，应该先哭一下你家小人，他死得太冤了。

本子扛着一只死羊进村时，村长没料到黄四会把羊卖给小人。

村长碰见本子就问："这是黄四家的羊?"

本子说："是的。"

本子对村长本来就有点仇恨，再加上他的好友小人现在死了，这种恨就非常容易暴露。

村长想不通，他黄四怎么肯把羊卖给自己的仇人呢?

村长来到会计家，会计正在安排小人的丧事。等其他人都走了，村长说，我想要你去一趟黄四家，他黄四怎么愿意把羊卖给小人呢?他明明和小人有仇，是小人把他家的小芹给卖到安徽去的呀!

会计说："我去恐怕不适合，还是让我老婆去吧，不显眼。"

会计老婆就去了。

会计老婆一进黄四家的门，就发现黄四正在和他老婆较劲。

是黄四老婆先和会计老婆打的招呼。黄四老婆擦了一把眼泪，说："青梅婶，你今天过来有啥事?"

会计老婆名叫青梅，很会说话，而且弄了一手好茶饭，又讲卫生，是土背溪有名的大婶。

青梅拐弯抹角地说："我们村出了大事，你难道不知道?"

黄四老婆说："不就是那个千刀万剐的小人死了么?他早就该死了!"

会计老婆真没想到黄四老婆会这样直截了当地把话挑明，骂得又是那么寒心，心里不免打了一个寒颤。甚至，黄四老婆的骂，让会计老婆想到了一把白晃晃的刀。会计老婆今天早上就看见小人手里捏着那把白晃晃的刀。那时，村长刚和自家男人商量完事情，正从她家里出来。村长走在屋脚下的路坎上，就被小人扬着刀，砍了几家伙，都没砍中。后来，她就看见小人手里那把刀滴着血，再然后她就看到小人自己倒在离刀不远的地方，像一条夏天里晒太阳的狗。

会计老婆说："本子来你家买羊了？"

黄四老婆顿时就流了泪，她骂屋里的黄四。内容相当地毒。

黄四笑眯眯地从屋里走出来，冲着会计老婆一笑，这让会计老婆感觉到他黄四好像有点变态。

黄四说："你再骂，我就去安徽。"

黄四老婆说："你去呀，你去了，就别想吃油。"黄四老婆在暗示黄四手里的活，她家的山茶籽还没摘完，说不定土背溪的人正准备上山偷摘呢。

会计老婆问黄四："你家小芹在安徽好吗？"

黄四说："好呢，如果没有小人那个狗日的帮忙，她怎么会生活得这样好呢？"

黄四的话让会计老婆更加摸不着底。

这个黄四今天到底怎么了？

会计老婆在心里盘算着。

十

小人入土那天早晨，黄四也去了。

这让土背溪的村长大为震惊，也让小人的家人们大为震惊。

小人有两个娃儿，大的叫山奎，小的叫土奎，都是男娃。记得小芹出事那年，那个叫山奎的被黄四追得满山跑。山奎和几个娃儿在山里砍柴，让赶猎的黄四给碰上了。黄四扬言要将小人的儿子山奎丢进山崖里。山奎于是亡命地跑，像碰上了吃人的野兽似的。打那以后，只要黄四出现，小人家的两个娃儿就会吓得脸色发青。

那天早晨，黄四径直走到山奎身边，山奎说："你妈妈的黄四，你还想干什么？我爹死了！"

黄四一把拉住山奎，说，我今天不是来打你的，我是来送送你爹。

黄四还说，你要知道，你爹死得真是太冤了。

送了小人一程后，黄四走了。

全村人都惊讶地望着黄四的背影，议论纷纷。

村长说，他奶奶的黄四，怎么变成了这个样子。

本子听说黄四来了又走了，他从忙碌的活计中抽身出来，想跟黄四好好聊几句。可是黄四已经去了很远。

本子大声对黄四说："黄四哥，过两天我就把羊钱送过来，五十三斤八两，三百二十七块!"

黄四远远应道："不用了，这羊钱，我不要了。"

本子顿了一阵，大声吼出乡下人抬丧的助威声：呀嗨！往前冲啊！呀嗨……

小人的棺木在众人的抬举下，像蚂蚁搬家一般，一股劲地往山上移。

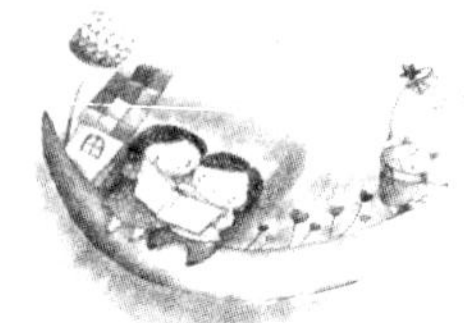

强迫症

丁仁贵从领导家里出来，刚上建设路，一辆捷达车“吱”地一声停在他身旁。车上跳下三个年轻人，他们一把架起丁仁贵，毫不犹豫往车上推，然后飞快地驰向东方脑科医院。

起初，丁仁贵还以为遭了绑架，变得惊愕无语。当他看清那三个人是他的亲外甥时，他愤怒了。他说：“你们这是干什么？”三个外甥也没作任何解释，只是用身体牢牢夹住丁仁贵，以防他跳车。丁仁贵第三次反抗时，一个外甥说：“舅舅，你不要白费力气了，你是跑不脱的。其实，我们也没办法，这是外公外婆的意思。”

车很快开进了东方脑科医院。三个年轻人用他们异常有力的六只手，架起丁仁贵直奔三楼。丁仁贵的父母亲早已站在三楼最当头的专家门诊室。丁仁贵父亲拉着脸在那头说：“这里，到这里！”

丁仁贵被架了进去。

早已等候在里面的那位头发花白的脑科专家，待丁仁贵刚坐下，就微笑着朝他走去。丁仁贵说：“你要干什么？”专家说：“让我先看看你的眼。”专家想去翻丁仁贵的眼皮，被丁仁贵用手挡了回去。丁仁贵说：“今天到底怎么了？”专家说：“给你看病呀！”丁仁贵说：“看病？我没病，你看什么病？”丁仁贵父亲说：“医生，你别听他的，他其实病得很严重！”丁仁贵说：“爹，你怎么了？我真的没病，我还要去上班呢。”丁仁贵父亲说：“脑壳有问题的人，都说自己没有病，我和你娘、你哥、你姐都为你担心死了，孩子，你已经病了好几年了，还说没有病，你就不要再坚持了，啊?!”丁仁贵说：“医生，你不要听他乱说，我真的没有病！”丁仁贵父亲说：“你没病？真是好笑！那我问你，一大早，你又去

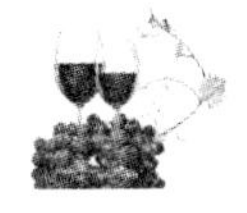

哪了？”丁仁贵抿了抿嘴，说：“我到蔡副局长家里去了趟。”丁仁贵父亲说：“去干什么？”丁仁贵说：“给他娘送一对银镯子。”这时，丁仁贵母亲泪眼汪汪地哭着说：“我的天啊，真的又是送礼去了！你这个败家子，我那对银镯子，可是你爷爷的爷爷那辈人传下来的，前几天，我还戴得好好的，一下子就不见了，原来是你拿去送人了，真是造孽啊！”丁仁贵母亲要奔过去扇他几耳光，被三个外甥拉住了。

丁仁贵倏地站起身，想走。丁仁贵父亲摊开双手拦在门口。丁仁贵父亲对三个外甥说：“你们把门守好，我看他今天到底配不配合！”丁仁贵见这架势，头一下子蔫了。丁仁贵父亲说：“你说你没病，参加工作十几年了，房子没买一套，存款没个一二千，家里凡是值钱的东西，都被你送领导了。你说，这不是有病是什么？”丁仁贵想解释，立马被父亲压住了。丁仁贵父亲说：“你知道你老婆为什么要与你离婚吗？就是因为你不持家，有一点点好东西，就知道往领导家里送，亏你想得出来，还想把自己老婆送到领导家里做保姆，你说说，这不是病又是什么？啊?!”丁仁贵母亲奔过去，一把拉开丁仁贵的上衣，流着泪说：“医生，你看看他这肚子！”专家定眼一看，只见丁仁贵肚子上留有一条长长的刀疤。专家说：“怎么动了这么大的手术？哪里有问题？”丁仁贵母亲说：“他其实没什么问题。前年，他们单位一个姓刘的局长坏了一个肾，他既不和老婆商量，也不和我们商量，就自作主张跑到医院，把自己一个肾割下来，捐给那位局长。他连命都不要了，你说他是不是脑壳有问题？”专家将丁仁贵的父母亲叫到一边，轻声说：“你们可否先到门外去，我单独跟他聊聊，好不好？”

丁仁贵的父母亲以及他的三个外甥陆续出了门，把丁仁贵交给了那位脑科专家。

专家说：“关于你的情况，你父母亲基本上都跟我说了，从你的这些表现来看，确实需要作进一步诊断。”

丁仁贵说：“医生，我确实没有病，我能吃饭，能睡觉，能上班，能与同事沟通，能与领导处理好关系，你说我怎么会有脑科病呢？”

专家说：“我现在郑重地询问你，你父母亲刚才说的，是不是事实？”

丁仁贵抿了抿嘴巴，说：“是的，他们说的是事实，但是，我也有我自己的考虑。”

专家说：“什么考虑？你只管对我说。”

丁仁贵说：“我主要是想给领导留个好印象，为日后提拔打基础。”

专家说：“那你也用不着把你母亲的银镯子拿出去送呀。”

丁仁贵说：“我知道，我把母亲的银镯子拿去送人，母亲会哭，会闹，会生气的，但我控制不住自己。”

专家说：“你怎么会有这种想法呢？你控制不住自己是什么时候开始的？”

丁仁贵说：“准确地讲，是前年3月份开始的。我们刘白龙局长2006年11月从宜州交流到我们局当副局长。2007年，他当了局长。2007年下半年，他第一次提拔人。我满怀希望地参加了。但是，我榜上无名。后来我才知道，要想提拔，必须送礼。我错过了一次大面积提拔的机会。2008年4月，他第二次提拔人，我吸取了教训，送了三万五，可是，到年底公布提拔结果时，我又发现自己榜上无名。事后我才打听到，提上去的人，送得最少的也有十万，我那三万多，只是当了个陪衬，没戏了。2009年3月，刘白龙局长第三次提拔人，我送了十二万，真没想到，行情又涨到了二十万以上。我还是送少了。”

专家说：“你干吗非要想提拔呢？”

丁仁贵说：“这你就有所不知了，我们单位要股改，要上市，上市公司的薪酬是完全和级别挂钩的。一个副处级的年收入是普通科员的五倍多，而且不需要做事情，开开会，布置布置任务就行了，划得来。我算了一下，只要能提拔上去，送出去的钱，基本上一年就可以捞回来，一本万利！我的经济状况不是很好，但我认为，只要坚持不断送，长期送，积少可以成多的，总有一天，领导会提拔我。对于这一点，我老婆不理解我，我父母不理解我，我所有的亲人都不理解我。”

专家说：“可不可以不送？把工作做出成绩来，也还是有希望的。”

丁仁贵说：“这你就错了！我们单位不同你们医院，医院靠的是本事吃饭，我们单位靠的是级别吃饭。只要提拔上去了，你到任何部门都可以安安稳稳当领导。但是，如果你想提拔，既没关系，又没背景，就只有靠送了。我老婆与我闹离婚那阵子，我也想收手不送了，可是，我心

里憋得慌，吃不好饭，睡不好觉，全身无力，头脑一片空白，就好像炒股一样，明明知道亏惨了，还想继续投，把本钱捞回来，把应得的收益挣回来。”

专家说：“你可以跟你的家人好好算算账，解释解释。”

丁仁贵说：“不行的，我一开口说送礼的事，他们就变脸，就骂，就闹，我当然只能暗地里操作，先斩后奏，先下手为强。我觉得我的努力没有白费，我已经看到了一丝曙光。现在，我们局的几个领导一看到我就微笑。以前他们可不是这样的。我一看到他们对我笑，我就想送。我的工资一到账，我就忍不住把它分割成几块，找各种理由，送出去。工资弄光了，我看到家里值钱的东西，也忍不住要送。实在没什么可送的了，我就想到去偷。我知道，这种念头风险太大了。但我还是干过一次，钱没偷到，我被人折断了一根手指。”丁仁贵将右手食指举起来，说：“就是这一根，你看，现在已经直不起了。”

老专家听得张口结舌。

丁仁贵说：“我现在真的控制不住自己，我觉得世界上所有的好东西，都应该送给我们领导。不知道我的这种想法，是不是真有问题?”

专家说：“是的，有问题。这样吧，我给你开些药，你服一个疗程试试。”

专家又说：“这里面有几种药非常好，进口的，我相信对你应该有帮助。”

丁仁贵说：“医生，你还是别开药了，我这个月工资还没发，身上只有八十多元。”

专家摘下眼镜，走到门外，他征求了丁仁贵父母的意见。然后走进来，说：“没事的，你父母亲已经带钱来了。”

快到12点时，丁仁贵提了一大袋药，去了办公室。丁仁贵想：2800多元的药，而且有几种是进口货，这非常好，今天晚上，就把这药送给刘白龙局长，相信对他的肾脏恢复有好处。

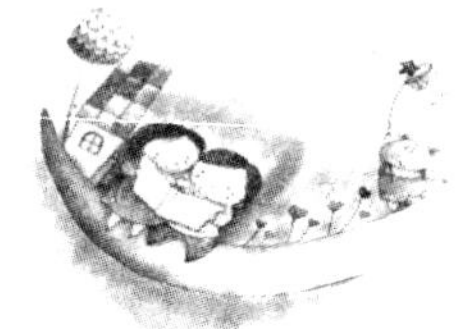

行路难

作家已经半个月写不出一个文字来了。他感到非常苦恼。他觉得自己已经江郎才尽。他非常痛苦地走在大街上。他不知道自己到底要往哪方去。他就这样沿着长长的中山路毫无目的地漫走。

突然，一辆公交车风驰电掣地驶过来。车未停，车里就跳下几个人。作家亲眼看见一个青年男子跳翻在地上，还有几个蜷在地上打滚。更让人惊讶的是，前面公交站台边，有几个人正在亡命攀爬那辆未停稳的公交车。很明显，已经爬进去一个，另外两个正在追赶，还有一个左脚已经踏在了公交车的进门口，左手显然抓住了里面的铁杆，可是，他的右脚和右手还悬空在车外，很像电影《铁道游击队》里面爬火车的镜头。作家已经看呆了。悬空的那个人，一边挥舞着他的右脚和右手，一边喊慢点慢点。作家猛然一醒，追了上去，他想帮一把那个悬空的人。作家刚跑上去，原来追赶的那两个却返了回来。作家一边跑一边说："帮帮他！"放弃追赶的那两个异口同声地说："没办法了，越来越快了。"公交车好像碾到了一个小石头，重重地簸了一下。作家抓住这个机会，放肆地向前冲。公交车并没有停下来的意思，它好像在加速了。作家使出最后一把力。终于，他抓到了那悬空人的右手。作家的脚步当然赶不上车轮滚动的步伐，他几乎被那个悬空人拖在地上。好像里面有人帮了一把那个悬空人。就这样，作家被那个悬空人给拖进了车厢。作家的屁股刚一进去，车门就"砰"一下关上了。作家想走过去说几句那位开快车的司机，但他根本没有机会向前移动。车开得更快了。作家牢牢抓住车箱里的两只抓环。车开得使坐在窗户边的乘客一个个眯上了眼。外面吹进来的风真是太大了，吹得窗户边的乘客脸都变了形。作家像一条被挂起

来的带鱼，身子不停地摆动。司机说："下一站有下的吗？"两个人战战惊惊地说："有。"车门"砰"地一声打开了，车子还在以每小时十几码的速度向前游动。只见一个人跳了下去，接着，又有一个人跳了下去。作家大吃一惊。作家还是想走过去跟司机说说，但还是没有机会。公交车又提速了，差不多是每小时八十码的速度。作家看见窗户外面的树在一排排地往后倒，马路边的行人也像水一样往后漂流。车内已经有人哇哇大吐了。作家一点也不觉得晕，他仍然像一条带鱼，挂在抓环上，甩来甩去。作家觉得这种感觉真是好极了。作家的思维随着这辆颠簸不已的飞驶公交，变得豁然开朗。作家脑海里迅速闪现出一个绝妙故事，那个故事随着公交车的跌宕起伏而渐入佳境。作家不知道自己为什么会这样？别人都在心惊肉跳，他却思绪泉涌，真是太不敢想象了。作家对司机说："师傅，能不能再开快一点？"司机瞟了他一眼，挂了五档，车子明显地快了起来。车厢里的一个女孩吓得大哭起来了。作家挂在抓环上，脚完全悬空。车速更快了，估计已经到了六档，速度肯定是百码以上。司机保持着这个速度，一边开，一边喊："有下的吗？"有个人企图想跳下去，被他同伴拉住了，同伴说："开得这么快，你跳下去，找死啊？"没有人跳车，司机又开始加速。作家这时的身子已彻底悬空起来，像被狂风吹起来的一件晒杆上的衣服。作家感到非常来劲。他几乎是思绪泉涌。他脑海里那个故事的每一个情节，闪电般地跳入他脑海。作家期望司机保持这种节奏。但是，司机却放慢了速度，然后"嗤"地一声，将车停住了。公交车开进了一个大型停车场。十几个乘客失魂落魄地相互搀扶着走下来。只有作家立在车厢里，他走上前去，对那位司机说："今天真的太感谢你了，太刺激了，可不可以告诉我，你的名字？"司机大吃一惊，说："你要干什么？想投诉？"作家说："当然不是，我喜欢这种感觉，我非常乐意坐你开的车，对我真是太有帮助了！"司机惊讶地说："帮助？什么帮助？你到底什么意思？"作家掏出他的作协会员证给司机看。司机见他是位作家，将头一甩，溜了。

这天，作家回到自己家里，他连澡都来不及洗，一屁股坐到天亮。他完成了一个三万多字的中篇。他将这个中篇投到了《神州文学》杂志社。第五天，主编打电话告诉他，说这篇小说的构思真是太奇妙了。作

家激动不已。作家又准备写他半年来的第二个中篇。写了不到五行字，他就写不下去了。他觉得自己没有一点灵感。

作家又来到中山路。他想等那辆开得飞快的公交车。一连等了半个多月，就是等不到那辆开得飞快的公交车。

半个月后，有人看见两个乡下汉子，用担架抬着一个人，在稻花路上跑得飞快。这两个人不管前面多么危险，见缝就插，见道就钻。抬担架的这两个人跑得气喘吁吁，上面坐着的那个人却不停地说，能不能再快些，再快些！

担架上坐着的那个人，就是享誉当地文坛的一名作家。

桃子熟了

秋风吹过，山林里摇荡出一股轻微的合唱。一片片红桃绿叶点缀在山间。叶子扬起袖管，在额头上擦了擦，远处便传来一阵热烈的炮竹声。叶子停了手中的活具，蹲在桃树下，泪水虫子般地爬了出来。

今天是邻村甜菊出嫁的日子。喜庆的爆竹声弥漫在田野山间，但又炸响在叶子的心窝子里。叶子跑到桃林那头，跪在爹的坟前，抽泣道："爹——你为什么要早早离开我们，爹！你听见我说话么……"

那个村子的大道上已经走动着一个长长的送嫁队伍。爆竹声仍在噼里啪啦往四周扩散。甜菊出嫁，意味着叶子心中的滕子从此将变得陌生。滕子本该是叶子的，这片桃林还是她和滕子一起栽种的。桃林如今果满枝头，滕子却不会再来。想到这，叶子的嘴唇颤抖不已。

叶子爹原是这个村的村长，滕子爹是那个村的村长。两个村长开了几次会，就成了兄弟，你来我往。滕子爹从那时起，就认识了水灵灵的叶子，叶子爹也从那时起，认识了憨厚厚的滕子。后来，两家就攀起了干亲，滕子爹把滕子送到叶家住上半个月，叶子爹把叶子送到滕家住上半个月。两村的人亲眼看着叶子和滕子，慢慢长成一对有心思的人。村里人夸滕子说，滕子，你小子真走运，认识了这么漂亮的叶子。滕子就虎头虎脑地笑。村里人夸叶子，说，叶子呀叶子，你真有福气，认识了那么能干的滕子。叶子就红了脸，羞答答地说："讨厌！"

叶子爹临死前那几个月，滕子还来过叶家。叶子和滕子在一起时，总要去看他们的桃林。那次，滕子将叶子拉到一棵茂绿的桃树下，喘着粗气说："叶子，我，我想……"滕子说这话时，已经管不住了自己的手，滕子把叶子抱得很紧很紧，两颗年轻而躁动的心，扑通扑通地乱跳。

叶子想说话，已经来不及了，滕子火辣辣的嘴，在叶子脸上拼命乱嘬。叶子闻到了一股很醉人的男人味，这气味令叶子全身发抖。慢慢地，叶子变软了，像个温顺的羔羊。叶子闭了双眼，任滕子在自己的脸上乱啃。滕子的手变得愈加放肆，它们在忙碌地解动着叶子的胸扣。叶子睁开微闭的双眼，紧张地说“滕子哥，不要，不要呀。”滕子说：“叶子，让哥摸一下吧，就一下，行么?”叶子泛着桃红的脸，说：“就一下。”滕子“嗯”了一声，翻开叶子那对窝得很紧的奶子，两个奶子像一对洁白的兔子，从叶子胸前跳了出来。滕子觉得这东西虽不能吃，但可是世上最好玩的珍品。叶子突然紧了衣，说：“滕子哥，现在你已经摸到了，往后，我就是你的人了，你晓得么?”滕子不假思索地又“嗯”了一声，想继续摸下去。滕子说：“叶子，让我再摸一下，我想。”滕子的脸充满了渴望，叶子又变软了，慢慢地松开了手。滕子松松捏捏地在叶子身上忙乎了好长一阵，突然，他拉开了叶子的裤裆。叶子一骨碌爬了起来，说：“滕子哥，不行呀。”滕子望着叶子，胸部起伏不停。滕子说：“那什么时候能行?”叶子红着脸说：“等桃子熟了的时候……”

邻村的爆竹声渐渐息了，甜菊走进了原本属于叶子的生活。

叶子来到那棵高大的桃树下，呆呆地望着那低矮的弥漫着青烟的邻村。两年前，她就是在这棵桃树下，把自己暴露给心爱的滕子。叶子躺在树脚下，泪流满面，慢慢地，她又闭上眼睛，回味着自己与滕子在这棵桃树下的幸福时光。一切都在眼前，而一切又成了过去。叶子咬了牙，拉开自己的裤衩，将手指插进自己的下部。叶子痛苦地喊着：“滕子哥，滕子哥，桃子熟了……”

叶子家那片美丽的桃林只摘了一次果，就被叶子发疯似地砍光了。村里人都骂叶子：“好端端的一片桃林，说砍就砍了，多可惜呀!”

现在，从村口望去，山脚下十分凄凉。叶子爹的坟高高隆起在地山脚边。

这年冬季，叶子离开村庄，去了很繁华的都市。

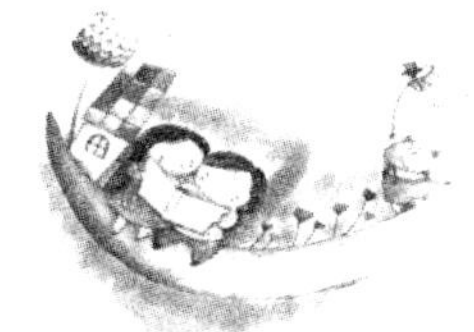

乳腺癌

太阳落下去不久，暮色一层一层地涂过来，街边的灯也就亮了。

朋友很好客。大餐过后，一定要搞活动。男人晚上的活动不外乎是唱歌、打牌、洗头、泡脚、泡吧、按摩，但朋友非要让我们去洗个澡。我怔了一惊。早经听说“洗澡”这项活动，基本上就是做那种事。我的心仿佛被提了起来似的。我的一个同事上个月要我替他找公安了难，就是洗澡惹的祸。我意识到朋友这安排怕是有点不妥。万一出事，这边的公安我是摆不平的，也不知道这个朋友到底有多大能耐。我扫视了一下我的同事马田平和向力力。马田平朝我做了个开心的鬼脸，看样子，他是乐意的；向力力呢，表现得还算沉稳，只是用下排的牙齿咬住了上唇，嘴巴收成饺子状，也不吭声。我悄悄靠近向力力，企图亮明我的想法。朋友转过身，用手掌在额头自上而下地抹了一把，甩着手说：“别怕，那地方绝对安全。”听到“安全”两个字，我更加担心了。马田平狗一样地跟在朋友后面，我和向力力在后面迟疑。我想说服向力力。可向力力仍然不发言，只是变换了一种方式：用他的上排牙齿咬住了下唇。而且，他走路的步伐也明显加快了。

朋友取出车钥匙，对着那台满是灰尘的桑塔纳按了一下，车屁股闪着红灯，“唧”的一声。朋友打开车门，说：“你们难得来成都，不洗个澡，你们就白来了，赶快上吧！”

马田平毫不客气地坐进了副驾室。见我有点犹豫，向力力劝导说：“还是去吧，男人嘛，该放松的，就放松。”“这明明是他俩的一个幌子！”马田平离婚三年多，就一直没打算结婚，这种安排，正合他意。向力力老婆身体不好，长期吃药，洗个澡，仿佛对他是一种补偿。我说：“还是

回宾馆休息算了，今晚我们都喝多了。”朋友从驾驶室钻出来，拉着我的手，直起脖子大声说：“你还算不算男人？洗个澡，有什么好怕的？”朋友的声音非常雄厚。路旁已有几个人放慢了脚步，对着我们看。我连忙说好好好。紧接着，我又轻声对朋友说：“我不做那种事，行吗？”朋友说：“随便你！”

我们来到一家专供男人洗澡的地方。男服务生非常礼貌地把我们带到了三楼，沿着墙面拐了几个弯，然后指着相邻的两个包房说：这里可以进去一个，那里也可以进一个。朋友要我先进去。我说：还是你们先进吧。朋友要马田平进去，马田平就进去了。向力力也进了另一间房。男服务生准备带我们继续往前走。朋友停了脚步，对马田平和向力力说：“这里妹子多，玩得开心点！”

沿着墙面又拐了两个弯，男服务生站住脚，指着一间正在收拾的房间说：这里应该是可以了。正在里面收拾卫生的胖女人说：“是的，可以进来了。”我还是有点犹豫。朋友像玩狼吃羊的游戏，冷不防将我推了进去。我慢腾腾地走出来，异常诚恳地对朋友说：“我的确不喜欢洗澡，这样吧，这里有没有按摩，我做个按摩好了。”房间那个正在换床单的胖女人说：“四楼就是，要正规，有正规，要不正规，有不正规。”朋友见我去意已决，于是带我上了四楼。为消除朋友对我的疑虑，一进按摩房，我就乐呵呵地奔过去，摊在床上。朋友见我很开心，说：“要不要我帮你挑一个手法好的？”我说：“不用，你去洗澡吧，我自己挑。”我对门外大声喊：“服务员，叫按摩师来！”朋友提了提裤带，说：“那你就按摩吧，我们一个半小时以后，在下面集合。”

进来一个手拿对讲机、身穿紫衣的高个子女人。她轻轻地敲了敲门，对我说：“先生，这里你有熟悉的技师吗？”我想了想，说：“7 号。”高个子女人说：“对不起，先生，7 号今天请假了。”我又说：“17 号。”高个子女人笑着说：“先生，对不起，17 号刚上点，正在为客人服务。”我又说：“27 号呢？”高个子女人露着牙说：“27 号是个男的，你要吗？”我说：“那就 37 号吧。”高个子女人说：“好的，先生，你稍等！”

五分钟后，一个穿红色衣服的矮个子女孩进来了。她双手叉放在小肚子前，对我鞠了个躬。待她走近时，我发现她鼻子下面有颗纽扣大的

黑痣。我说：不好意思，能不能换一个？矮个子女孩扭动着那颗黑痣，怯怯地说：好的，先生需要几号？我顿了顿，说：47 号吧。47 号来了，脖子非常粗，被我换了回去。57 号也来了，脸像个男人，只差没长胡子，也被我换了回去。67 号终于没有来，倒是那个手拿对讲机的高个子女人进来了。她说：先生，你到底要什么样的技师？其实，我们这里的技师个个优秀。我说：我也讲不清，反正都不太满意。高个子女人举起对讲机，朝里面喊：孟总，阿香姐来了没有？里面的人回答：刚刚到。高个子女人转身对我说：先生，我们现在给您安排的这一位，长相包你满意，只是年纪稍微大了一点。我说："好吧，叫她进来。"

正当我把电视节目转到中央三套时，进来一位头发淡黄、胸戴白金项链、脖子上缠着紫色丝带、身材苗条、面容姣美的中年女人。我说："这里是做按摩的呢。"她说："我知道。"我说："你不像是这里的服务员吧。"她咯咯地笑，说："你终于猜对了，我的确不是这里的服务员，我是偶尔来坐台的。"我木然了。我说："还有这种事？偶尔？你到底是什么人？"

她关好门，一边脱那件华美的外衣，一边说："你不信，是吗？请你从窗台往下看，那台红色的宝马就是我的。"我愕然。她说："实话告诉你吧，我不是成都人，我住在百多公里的都江堰。我确实不是做按摩的，我有自己的正式工作，而且是很尊贵的工作。"我哑然。她说："请问你是什么级别？"我说："怎么啦？"她嫣然一笑，说："不怕你想不通，其实我丈夫是个厅级官员。"我"啊"了一声，脑壳一下子成了空白。她说："我是特意来做按摩的，而且专程从都江堰那边开车过来，但我告诉你的是，我不希望给别人做，我希望别人给我做。"我张着嘴，喃喃地反问道："你是说，我给你做？"她把衣服脱得只剩一件薄薄的贴身羊毛衣，两个硕大的乳房像撑开了的两把小伞。我说："我给你按摩？"她抿了抿红嘟嘟的嘴，笑着说："是这样的，当然不用你付钱，你还可以得到一笔钱。"我有点急了，茫然地说："你到底是什么意思？"

她望了我一眼，低下头，咬着嘴唇，很久没有说话。我说："你怎么了？"她抬起头，眼眶里好像溢着泪。她说："我来这里，不是卖，我都 42 了，我儿子都上大学了，我也不缺钱用，我丈夫是官员，我为什么要作贱自己呢?”我好奇地问:“那你为什么要跑到这么远的地方来?为什么要别人给你按摩?”她好像被我问住了,很久没说话。我从床头扯了几张纸巾,递给她。她擦着眼泪说:“我是个垂死的病人,我患了乳腺癌,吃了不少药,医院什么办法都用尽了,要我去化疗,我坚决不同意。你也许知道,得癌症的人,最怕化疗,一旦做了化疗,就死得更快。我不想那样。有一次,我遇到一个老中医,他告诉我说,如果能坚持做乳摩,或许还有救。我当时简直惊呆了,乳房做按摩,还能治乳腺癌?我不信,我不愿意,但没有办法,我真想活下去,我舍不得我的儿子。于是,我就自己给自己做乳摩,但效果不明显。老中医后来又提醒我,最好让我丈夫给我做。头半个月,我丈夫定期给我做了,似乎有了效。我高兴地去找那位老中医,想把这消息告诉他,可他已经病得奄奄一息。他气若游丝地告诉我,要想效果更佳,最好是找陌生男人给你做。我当时一脸的惊奇。找陌生男人给我做乳摩?太羞死人了。你说是不是?”

我无言以对。

她用纸巾堵了堵那弯弯的鼻子,清了一下嗓门,继续说:“起初,我是坚决不愿意让陌生男人做的,我要我丈夫做。但我丈夫天天说没空,白天要开会,晚上也要开会。后来,我才知道,原来他早在外面养了两个年轻女人,哪有心思给我做这个,更何况我是个绝症患者。我本想让癌细胞迅速地扩散,将我的生命吞噬掉,一了百了,但一想到那两个小妖精,我就立刻改变了主意。我想,我必须活下去,只要有一丝希望。我决定死马当作活马医,找陌生男人试一试。去年 8 月的一天,我开车找到这里,与这里的老板娘私下达成了协议,我定期来这里找男人做乳摩,但我不卖身,我愿意支付别人按摩费,也愿意给老板娘每月三千元的保密费。你现在算是我第 38 个服务员。来吧,只按两个乳房,每五分钟,休息一次,一共做两个钟,90 分钟,按摩费 380 元。先生,不知你愿不愿意?”

我听得满头大汗。

花　犯

作家经人介绍，终于约到了骆三平处长。骆三平处长刚走进茶楼包房，作家就递给他一张名片。骆三平处长接过名片，惊讶地说："真的是位作家呢，幸会，幸会！"作家走过去，将门关上，然后说："今天是周末，不会有会议吧？"骆三平处长说："你还是猜错了，九点半真有个视频会。"作家说："我知道，官当到处长这个级别，差不多每天都是开会。"骆三平处长说："是的，是这样的。"

作家转过身，将门的反锁打上。骆三平处长说："这么神秘，找我到底有何事？"作家说："我就直说了吧，听人说，你搞情妇很有一套，我想请你帮帮忙，给我也推荐一位。我真的想找一个，尝尝味道。"骆三平处长惊讶地说："谁说的？"作家说："你也不必较劲了，现在当处长的，哪个没有情妇？没有情妇的处长，可以说是身体有毛病。"骆三平处长说："你怎么这么说呢？太绝对了吧！"作家说："我有几个当处长的朋友，他们不是长期包养情妇，就是隔三差五到外面吃快餐。他们的性生活也太丰富了。"骆三平处长笑了笑，慢慢放松了心理戒备。作家说："你们现在当处长的，每个月发到手的，应该有三万多吧？"骆三平处长说："不一定。"作家说："那至少也有两万五吧。"骆三平处长说："差不多。"作家说："现在，很多女大学生都找不到工作，你们每个月拿这么多工资，还不包括灰色收入，不很好地支持一下年轻女同胞，也太不道德了吧！"骆三平处长被作家说得心花怒放。骆三平处长说："你是一个文人，都说文人是骚客，你难道就没有情妇？太离谱了吧！"作家说："这也没什么奇怪的，现在的情妇，都很现实，有文化顶什么用呢？没有钱，哪个女人愿意跟你好？"骆三平处长哈哈大笑，说："是这样的，真

是这样的!”作家说：“你帮我推荐一个不怎么爱钱的，又容易上钩的，好不好?”骆三平处长说：“大学生怎么样?”作家说：“不行，绝对不行，太年轻了，养不起的。我写一个中篇，稿费最多也只有六七千，不够情妇买一条裙子。”骆三平处长想了想，说：“那你说说你的条件吧。”作家说：“年龄在35岁以上，50岁以下，爱才华不怎么爱金钱的女人就行了。”骆三平处长说：“没结婚的，行吗?”作家说：“35岁以上，怎么还有没结婚的?”骆三平处长说：“多得是呢，现在的年轻妹子，和我们那个时候观念不一样了，她们喜欢玩，但现在物价这么高，又玩不起，因此，就只好找有钱人玩，而有钱人又不是随便让你玩的，他肯定会让她们上床。一旦上了床，要让她们再找一个合适的对象，至少，头几年是不可能的。所以，她们就把她们的青春押在了玩的时光里，成了别人的马子，说得好听一点，就是二奶，就是情妇。”作家说：“我还是不想找这种女人，这种女人最容易把结婚当成她们的最终目标，弄不好，她们缠着你，要和你结婚，要给你生产，那就麻烦了。我不想这样，我只是想尝尝味道，能够玩出点心跳来，就可以了。”骆三平处长说：“我懂你的意思，那就找少妇吧。”作家惊喜地说：“好的，好的。”骆三平处长喝了一口茶，说：“刚刚被人甩的，你要不要?”作家说：“什么意思?”骆三平处长说：“就是说，曾经当过别人的情妇，现在被别人给甩了。”作家说：“这好像不太好吧，这种女人，对男人一定怀有报复心理。”骆三平处长说：“没事的，我实话告诉你，那个女的曾经就是我的情妇，后来，我把她让给了我们领导，我们领导玩了几年后，又把她让给了一位老厅长，那女的身体素质很好，老厅长吃不消，终于和她说拜拜了。据说，我们领导和那位老厅长都给了她不少钱。因此，你完全不必担心她会过多地看中你的钱。”作家说：“她离婚了吗?”骆三平处长说：“她和我们领导好的时候，就把婚给离了。听人说她丈夫几次要跳楼，没跳成，后来得了神经病。”作家说：“这对人家伤害也太大了，我还是不想找这个。”骆三平处长说：“那就找个不离婚的吧。”作家说：“好的，我也是这么想的。”

骆三平处长接过作家递给的一支烟，点上，慢悠悠地说：“暴发户的老婆怎么样?”作家说：“好的，不过，不会有什么生命危险吧?”骆三平

处长想了想，说："应该不会的，那男的是个煤老板，非常有钱，已经离过两次婚，这个女的是他第三任妻子。现在这个男的又在外面养了两个，可能对他第三任妻子顾不上来。像这种女人，最容易上钩。"作家说："她知道她老公在外面养了两个吗？"骆三平处长说："当然知道，不然，我怎么会断定这种女人最容易上钩呢。"作家说："那好，那好。人长得不是很差吗？"骆三平处长说："你想想，煤老板的老婆，能长得差吗？更何况，她是第三任妻子了，至于长相问题，你放一万个心好了，但问题是——"作家说："怎么了？"骆三平处长说："那个暴发户真是太有钱了，他好像白道黑道都有人。上次，他那个被包养的小二和她一个男同学在外面吃了一次饭，被发现了，那个男同学后来就被人卸掉了一个睾丸。"作家大吃一惊，说："那就使不得了，我可不想被人莫名其妙地卸掉一个睾丸。"

骆三平处长看了一下手机，喝了一口茶，说："那就只有找官夫人了。"作家说："官夫人？这好像不可能吧。"骆三平处长说："这有什么不可能的？现在，很多当官人的老婆，在外面都有相好，你难道不知道？"作家说："太不可思议了。"骆三平处长说："当官的不仅有权，也很有钱，他们自然就很受女人喜爱，他们要比煤老板文明得多，他们不会轻易离婚，不会轻易动黑势力，应该说，找他们的老婆作情妇，是比较安全的。"作家说："行，既不怎么花钱，又有点档次，太好了。"骆三平处长说："不过，长相可就不敢恭维了。"作家说："怎么了？"骆三平处长说："现在的官夫人，压力都很大，她们明明知道自己的老公在外面养女人，又不敢轻易吭声，更不敢轻易闹离婚，她们只好睁一只眼、闭一只眼地把自己养着，养着，养得白白净净，肥肥胖胖，然后就想到美容，花钱如流水地去作美容。你也知道，现在的美容，全是骗人的，美来美去，全靠药水养着，一旦停止用药，那脸简直就像从炭窑里拉出来的。"作家说："这个没关系的，我也只是尝尝味道，不会太长久的。"骆三平处长说："你既然这样想，那我就放心了！你就找环卫办马主任的老婆吧，她好像还没有固定的情夫。"作家说："好的，我什么时候可以正式进入角色？"骆三平处长看了一下手机，说："明天晚上，我安排你们见个面吧，你可要把胡子刮一刮，千万不要有狐臭。"作家说："好的，

好的。”骆三平处长说：“不好意思，时间到了，我还要参加一个视频会议。”作家兴奋地说：“好的，好的。”

作家送走骆三平处长后，回到包房，重重地喝了一口茶。然后抬起胳膊，用鼻子在腋窝里闻了闻，自言自语地说：“狐臭？我怎么会有狐臭呢？”

夜 行

车子开进扑阳，已是街灯闪烁。我把车速退到二档，慢速游动，睁大着眼睛，努力寻找出城的路。

扑阳的树是那种叶子细小、生长稠密的桂花树，暮色之中，俨如密密麻麻的人群。早有人提醒过我：车到扑阳，遇到陌生人，千万别停车。外地司机最怕的是扑阳的撞车客，一不小心，车边就有人喊“哎哟”，然后问你是私了还是公了，私了的话，就乖乖掏钱给他（她），如是公了，就得送他（她）去医院做CT、做彩B、做全身检查，不耗你个三千五千，是脱不了干系的。

老婆是上个月七号跑回娘家靖江。她看见我车上载了个陌生女人，盘东问西，越跟她解释，就越解释不清白，于是我给了她一巴掌，把她打回了老家。我天天要上班，儿子天天需要人照看，离了她，家里真是一团糟。电话打过去好几次，也向她承认天大的错误，然而就是不肯给面子，一定要我亲自上岳母家的门，接她。这不，车到扑阳，天就麻了眼。

扑阳除了吸毒偷窃撞车的名声在外，城里的道路也增添了不少，弯弯曲曲，纵横交错。就在我留意前方岔道时，林子里钻出一个人，好像是个女人，背着坤包，慌慌张张的。我车速并不快，但我断定，那女的肯定和我的车有过摩擦！我心里“咯噔”起来，心想，这下完了，这次真的碰上“撞车客”了！凭我多年的开车经验，我断定这女的大伤没有，充其量顶多是红了一块皮。我想把车停下来，开门出去看个究竟，但我马上又改变了主意，我提醒自己：千万别出去，那女的若真是个“撞车客”，这不是明摆着设了个笼子，等我往里面钻么？我继续保持我的车

速，一边开一边透过右边的反光镜观察车后的动静。

旁边正好有盏路灯，从反光镜里发现，后面的女人并没有倒下或者蹲着，一个男的在拉她手里的坤包。我还发现，那女的在向我不停地招手。坏了！她被人抢劫了！然而，警惕性又一次向我敲响警钟：会不会又是一个圈套？他们在演“双簧”？我把车换成倒档，慢慢往后倒。一方面我有更多的时间辨别真伪，另一方面我还可以在识破骗局的一刹那，加大油门，仓惶出逃。我已经看到那个女的脸上露出了感激的容颜。显然，这不是骗局。我刹住车，打开车门，对着那个男的喊：“你干什么?”那男的在做最后挣扎，他几乎把那个女的拉翻在地。这时，我听到那女的在骂：“你这个挨千刀的，还不快来帮忙!”

她当然是在骂我。

我操起车上的一把扳手，边跑边吼叫：“你妈那个把子！敢抢我老婆的包，我几扳手锤死你!”

这一招，真管用。那男的放弃了，迅速钻进树林中。

我把那个长得有点像郑秀文的女人扶起来。她还没站稳，就将我紧紧抱住，嘴里咽咽地哭。

像郑秀文的这个女人也是靖江人。这样，我这趟车就成了她的免费客运。一路上，我问她的芳名和单位，她一概不答。她蜷缩在驾驶副座上打战。也许，这样的经历，她是头一次遭遇。我把庞龙的《两只蝴蝶》放出来，试图缓解她内心的紧张。可是，她发疯似地喊道：“别唱了！让我安静!”

真不知道这个像郑秀文的女人还有这般脾气。或许，她这股子要吃人的劲，是刚才那个男的给逼出来的。我这是怎么了？不与受伤女人一般见识！我专心开着我的车，有点像是在给这个女人开车。

车到靖江郊区时，这个女人说话了。她说她住在东城流星花园，希望我把她直接往那儿送，她说她一刻也不想走路了，她怕那些强盗。这当然好办，因为我岳母家，也在那个方向。举手之劳，没什么大不了的，搭都搭了五十多公里，还嫌这几步吗?

车到流星花园门口，这个像郑秀文的女人终于说了一句谢谢话，然后开了车门，对我摆了摆手。在她双手捧着坤包甩着长发即将离去之际，我发现副座上放着四张大钞。我明白了她的用意，我抓起钱，赶了过去。我说：“小姐，你等等，你的钱呢！”

让我意想不到的是：我老婆此时正站在我眼前。她可能是刚从舅舅家里出来，舅舅就住在里面，我们结婚前，还去过他家。

我对老婆说：“这是她的钱……”

老婆“哼”了一句，气冲冲地出去了。

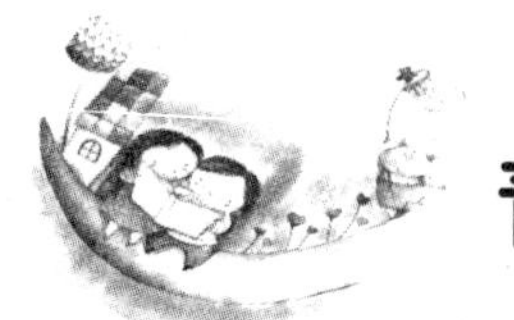

青光眼

2012年12月5日上午八点多钟，一位头发花白的瘦个子老头在两位中年妇女的搀扶下，来到“看世界”眼科医院。

老头说：“现在到了吗？”

一个中年妇女说：“爹，前面就是“看世界”！”

另一个中年妇女松开老头子的臂膀，跑进去，前去挂号。专家门诊室正好没有就医者。这位中年妇女兴奋地说：“爹，姐，快一点，马上就可以看了！”

老头子被扶进了专家门诊。

医生说：“老爹爹，今年多大了？”

老头子抬起脸，望着对面的医生说：“72了”。尔后，老头子又侧过脸，问他身边的一个女儿：“这医生是男的，还是女的？”

身边的那个中年妇女低下头，轻声对老头子说：“男的呢，你听不出声音吗？”

老头子自言自语地说：“我看他好像穿了一件红衣服，声音也怪怪的，我怎么晓得呢。”

医生像是听到了老头子说的话，抿嘴一笑，然后翻开病历本说：“老人家，你眼睛怎么了？”

“胀痛，看不见东西，想呕。”老头子说。

医生站起来要检查老头子双眼时，老头子背上被人披了一件衣。老头子说：“是哪个？”

“是妈！”两个女儿几乎同时回答。

老头子说：“她怎么来了？”

一个女儿说：“妈和我们一起坐车来的，你不知道?”

老头子说：“她不说话，我怎么晓得!”

两个女儿的妈正在不停地抖动着脑袋，她想说几句，却被医生打断了。医生说：“老人家，你这双眼睛已经全部充血了，红得像火，眼球也很硬呢。”

老头子说：“是的。”

医生扬起一只手，在老头子眼前晃了晃，说：“看得到吗?”

老头子说：“看得一点点，好像在动。”

医生把大拇指弯了下来，继续晃动那只手，说：“是几个手指?”

老头子说：“看不清楚。”

医生继续翻看老头子那双充血的眼，独自说：“角膜不透明，无光泽，混浊，发雾。”

医生坐下来开始写字。

在一旁不停地抖动着脑袋的老伴终于开腔了，她说：“医生同志，他眼睛是怎么回事?”

医生一边写一边说：“可能是青光眼。”

两个中年妇女相互对视了一下，然后都望着那个脑袋抖动不已的老娘。老娘说：“昨天最厉害，完全像个瞎子。”

医生从抽屉里摸出一只小小的手电筒，翻开老头子的眼皮，小心地照。老头子痛苦地说道：“哎哟，哎哟!”

医生说：“是不是很刺眼?”

老头子说：“是的。”

医生说：“是不是感觉有一道彩虹围着灯光?”

老头子说：“是的。”

医生说：“是不是有点恶心、鼻根发酸、眼胀、头痛?”

老头子说：“正是的。”

医生说：“绝对的青光眼。”

一家四口顿时沉默了。老娘的脑袋抖得更加勤快了。

医生说：“什么时候开始头痛、恶心、眼胀、鼻根发酸的?”

老头子从口袋里掏出一张纸条，交给医生，说：“我都记录了，你看看吧。”

医生打开纸条，只见上面歪歪斜斜写着：

2008 年 10 月 29 日，星期三，1664 点。眼胀，头痛。

2009 年 9 月 1 日，星期二，2647 点。鼻根发酸，眼胀。

2010 年 7 月 5 日，星期一，2374 点。恶心，眼胀，视力模糊。

2011 年 10 月 24 日，星期一，2333 点。恶心，想呕吐，视力很差。

2012 年 1 月 9 日，星期一，2152 点。眼胀，呕吐，看东西有彩虹。

2012 年 9 月 26 日，星期三，2018 点。眼睛充血，呕吐，看不见东西，只有一些光亮。

2012 年 12 月 4 日，星期二，1961 点，当天最低 1949 点。头痛难忍，眼睛充血，异常恶心，多次呕吐，看不见东西，怕见光。

医生看了许久，说：“这是什么东西？”

老头子说：“是我眼睛最不舒服时的大致记录。”

医生说：“你是做什么的？几千几百几十点是什么意思？”

老头子说：“我原在园林处工作，2000 年退的休，2006 年我开始炒股，起初，我还发了一点点，后来，我把所有积蓄都放进了股市，没有办法，只能盼着它天天涨起来，但是，从 2007 年 10 月 17 日开始，股票就从 6124 点，一路下跌，到 2008 年 10 月 29 日，跌到了 1664 点，我清楚记得，那天是星期三，我刚走出股票交易厅时，就觉得眼睛发胀，头也有点痛，但想不到，股票后来越来越跌，每跌到一个低位，我的眼睛会出奇地胀，感觉特别恶心，想呕吐，再后来，就感到视力模糊，白天看东西不明白，晚上看见灯光，好像有彩虹围着……”

医生说：“你以前到医院看过眼睛吗？”

老头子说：“没有，到药店里买过两次药，有滴的，也有吃的。”

老头子从口袋里掏出那两种药。一种是毛果芸香碱滴眼液，一种是醋氮酰胺。

医生说：“这药你用过吗？”

老头子说：“用过两次，就没用了。”

医生说：“为什么不持续使用呢？”

老头子说：“没必要的，股票行情上扬的时候，我的眼睛就自然而然地好多了，眼不胀了，头不痛了，看东西也明白了。”

医生说：“怎么会这样呢?”

老头子说：“我也不知道。后来，我一看到满板红颜色的东西，我的眼睛就不胀了。我原来是搞园林工作的，我的职业颜色是绿色，但我现在根本不敢再看绿色，我一看到绿色，我就想呕。我自己也觉得很奇怪，我为什么背叛了自己的职业颜色，却喜欢上了红色。说实话，没有红色对我的刺激，我的眼睛迟早会瞎的。这也是为什么我给老伴几年下来买了十几件红衣服的根本原因。你看看，我老伴现在就穿着红衣服吧。”

正在一旁不停地抖动着脑袋的老女人说：“你这个死鬼，你简直发神经了!”

医生看了一眼那个穿红色衣服不停抖动着脑袋的老妈妈，微微地摇了摇头，然后对老头子说：“你说的有点道理，但还是要相信医学，老人家，我先给你开些药，你一定要坚持服用，也不要去炒股了，先把病治好，行吗?”

老头子说：“我不去炒股，谁把我的钱还给我?”

线　人

易锦鹏从校门口走出来，发现交警正在指挥人拖他的车。易锦鹏跑过去，说："这是干什么?"交警说："是不是你的车?"易锦鹏说："是的，怎么了?"交警说："把驾照给我看看。"易锦鹏从背包里翻出驾照，交给交警。交警瞟了一眼易锦鹏，又瞟了一眼驾照上的人，然后收起驾照，插入口袋。易锦鹏说："这到底是怎么了?"交警说："还怎么了，这里不准停车，你知道吗?"交警指着树叶下面那个"禁止停车"的标识说："明明这里不允许停车，你偏要停，你下午到交警大队来取车吧。"交警跳进拖车，朝易锦鹏瞪了一眼，然后拖着易锦鹏的车，开走了。

易锦鹏这台车是他花了两万多，从朋友手里买的，也值不了几个钱。但问题是，没有这台车，易锦鹏无法按时将孩子送到学校。孩子正在读高二，家又住得远，他离不开这台车。

易锦鹏一路骂着脏话，前来上班。同事霍元彪跟在后面。霍元彪见易锦鹏手里既没拿手机，耳朵上也没挂耳机线，非常吃惊地说："锦鹏，原来你真的不在打电话，你一个人自言自语，到底跟谁说话呢?"易锦鹏停止了骂，然后将事情的经过一五一十告诉给霍元彪。霍元彪说："找麻方平!"易锦鹏说："哪个麻方平?"霍元彪说："就是管食堂采购的那个高个子。"易锦鹏说："嘴巴有点翘，脖子戴金项链，经常穿花格子衬衣的那个?"霍元彪说："是的，就是他!"易锦鹏说："找他有何用?"霍元彪说："哎呀，你不知道?你可千万不要小看了那个麻方平，他的能耐可大了!上次东星分局的李正良副局长被检察院弄去了，他一出面，就摆平了。你找找他，他肯定熟悉公检法。"

易锦鹏在办公室打了个转，来到食堂，问几个正在收盘子的服务员。

她们告诉易锦鹏采购部在当头那间小办公室。易锦鹏找到那个肥肥胖胖的食堂采购员，那人告诉易锦鹏说："麻总很少来，你打他电话吧。"易锦鹏抄了麻方平的号码，在楼梯拐角处终于打通了。易锦鹏说："麻总，你好，你现在在哪?"易锦鹏想调整一下自己虔诚的心态，继续解释。麻方平说："是业管处的易锦鹏，对吧?"易锦鹏非常震惊地说："是的，是的。"易锦鹏不敢相信这个麻方平竟然一下子认出了他！说实话，这么多年来，易锦鹏和麻方平正面接触不超过两次，也从未通过电话，可麻方平竟然一下子就听出了他是易锦鹏，而且知道他是业管处的！易锦鹏调整到业管处工作不过一个星期，他竟然也知道！麻方平说："是不是为你那辆破车的事?"易锦鹏更加吃惊了，说："你怎么知道?"麻方平说："这点小事也能瞒得过我?"易锦鹏说："是这样的。"易锦鹏紧接着又说："麻总，你现在在哪?"麻总说："不要问我在哪，你下午去提车就是了，没事的。"易锦鹏是个讲感情的人，他一定要面见这个危难之中见真情的麻总。

易锦鹏很快就赶到了绿茵阁茶楼。

麻方平正和几个人在靠北的窗户边喝早茶。麻方平一见到易锦鹏就说："你不需要来的，那点小事，你直接去就是了。"易锦鹏堆着笑，从怀里掏出一条烟，递过去。麻方平说："易锦鹏，你这就见外了！告诉你吧，如果是其他人，就是送我五条烟，我也不会揽这种破事的，但你易锦鹏除外，我不仅要揽，而且不求任何回报，你知道吗?"易锦鹏说："谢谢，谢谢麻总!"麻总拍了拍左边那个朋友的肩膀，指着易锦鹏说："我这个兄弟，非常有才，我们局提拔了好几次人，他都不沾边，太可惜了!"易锦鹏惊讶地说："麻总，你过奖了。"麻总说："不是过奖呢，是事实。我问你，你是不是1990年就当了科长?"易锦鹏说："是的，那是过去的事。"麻总说："你是不是在清华大学读了研究生?"易锦鹏说："是的，那是过去的事。"麻总说："我虽然对业务一窍不通，但我知道你所从事的那块业务，在全国系统中有点名气。"易锦鹏堆着笑，不知怎么回答。麻总说："广东分局是不是请你过去了几个月?"易锦鹏说："是的，那是总局把我叫过去的，协助那边的工作。"麻总说："天津分局是不是也请了你好几次?"易锦鹏说："是的，那是天津分局局长点了我的名，要我过去帮帮他们。”麻总说：“蔡副局长、郭副局长、刘副局长的讲话材料，是不是你写的？”易锦鹏说：“是的，那是我的工作。”麻总说：“上次发在国务院内参上的那篇调研报告是不是你写的？”易锦鹏说：“是的，怎么了？”麻总说：“太可惜了。都提拔了，可你一直不沾边，我真搞不懂。”易锦鹏不知如何回答是好。麻总说：“你知道边路明是怎么提拔的么？”易锦鹏说：“不知道。”麻总说：“他到信用社借了六十万元！”易锦鹏说：“借那么多钱干吗？”麻总说：“送呀。”易锦鹏“啊”了一声。麻总说：“你知道王志平是怎么提拔的么？”易锦鹏说：“不知道。”麻总说：“他到外面弄了个人见人爱的三陪小姐，天天晚上带着她，找刘白龙局长汇报工作。”麻总怕易锦鹏头脑不开窍，继续说：“你知道他王志平怎么汇报工作么？”易锦鹏说：“不知道。”麻总说：“王志平刚来了个开场白，然后他那个所谓的表妹就进去了，王志平就溜出来，他表妹代替他汇报工作。”易锦鹏“啊”了一声。麻总说：“你知道丁小桥是怎么提拔的么？”易锦鹏说：“不知道。”麻总说：“他认了检察院的罗检察长作干爹，罗检察长给刘白龙局长发了一个信息，他就上去了。”易锦鹏“啊”了一声。麻总说：“你知道胡红霞是怎么提拔的么？”易锦鹏说：“不知道。”麻总说：“她和刘白龙局长出了一趟差，喝了二两白酒，睡了三个晚上，第四天就提拔。”易锦鹏“啊”了一声。麻总说：“你知道马彪是怎么提拔的么？”易锦鹏说：“不知道。”麻总说：“马彪的哥哥在一家保险公司当老总，马彪要他哥哥把刘白龙局长退休在家的老婆请过去当总经理助理，刘白龙局长的老婆报到那天，马彪就提拔了。”易锦鹏“啊”了一声。麻总说：“你知道牛红江是怎么提拔的么？”易锦鹏说：“不知道。”麻总说：“他狗日的，跑到刘白龙局长的宜州老家，然后又飞到刘白龙局长那个在美国留学的儿子那里，回来的飞机还没到达中国领空，他就提拔了。”易锦鹏“啊”了一声。麻总说：“起初，他狗日的刘白龙，还想把我的待遇抹掉，我让我这位兄弟一出面，他就主动打电话向我解释起来，他奶奶的，我只是享受一个处级待遇，又不和他们争权力，他敢拿我开刀，也太欺负人了。”正在左边喝茶的那位兄弟将头点了点。易锦鹏也将头点了点。麻总说：“锦鹏，我来介绍一下，这位是反贪局的兄弟，姓王；这位是检察院的兄弟，姓刘；这位是公安局的兄弟，

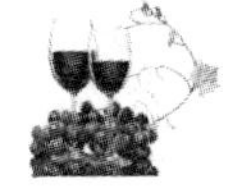

姓马；那位是审计局的兄弟，姓吕。”易锦鹏一一和那几位兄弟握了握手。公安局的兄弟说：“我已经联系好了，你现在就可以去提车。”易锦鹏感动得急忙要撤那条烟。麻总说：“锦鹏，你不要这样，这烟哪里买的退哪里去，如果他不肯退，我叫他给你十条，你就这样对他说。”易锦鹏还想说什么，手机响了。处长打来电话，要他马上回去给蔡副局长写一个讲话材料。蔡副局长又准备开会了。

麻总说：“锦鹏，你去吧。”

易锦鹏诚惶诚恐。

望着易锦鹏离去的身影，麻总说：“一个单位总得有这么两个像他这样的人，否则，这个单位就真的乱套了！”

那几个喝早茶的兄弟笑眯眯地说：“是的，是这样的。”

排　队

昨晚霍元彪家那顿酒，没把老乡灰老鼠弄翻。霍元彪不想那样做。一来霍元彪的酒量本来很一般，五钱的酒杯，六杯到顶；二来灰老鼠是家乡有名的酒徒，弄翻他比较难，即使让他自己整翻，也不好侍候。灰老鼠来江南，是主动问寻到霍元彪家的。霍元彪也没多少准备，多炒了三个菜，并把上次请客剩下的大半瓶“酒鬼”拿出来。灰老鼠感动不已。

这天早晨，霍元彪早早去上班。临行时，霍元彪撂给灰老鼠几句客套话，并交代老婆做早饭。灰老鼠说：“别麻烦了，我也马上出去，有点事，早餐和中餐就不用了。”霍元彪也不问灰老鼠到底有啥事，钻进房间，摸出一包烟，交给灰老鼠，然后“砰砰砰”下了楼。霍元彪老婆要给灰老鼠弄早饭。灰老鼠坚决不让。灰老鼠说：“老弟媳妇，我真有点事，约了人，现在就出去，晚上回来吃晚饭。”霍元彪老婆摆出一副很无奈的样子，说：“这么早就出去，早饭也不吃，你也真是的。”

大院门口的马路上，有人光着膀子在跑步。那个胖墩墩的中年男子胸脯一甩一甩的，跑得满脸通红。灰老鼠咧着嘴站在一旁暗笑。城里人真是古怪，肥得像猪，跑来跑去，又想减肥，这么矛盾，何必吃那样好呢？灰老鼠小心翼翼横过马路，来到一个公园。公园里有人在早练。灰老鼠好奇地走过去，看见一个人在轻轻移脚步，那神态很像乡下人捉鸟，两手伸得很宽，一高一低。灰老鼠背着手静静地看。那人瞟了一下灰老鼠，继续做他的移手运动。灰老鼠梗起脖子，猛抽一口气，喉管里发出摩托车启动时的叫声，灰老鼠吸出了一口痰，很自然地吐了出去。那人收起脚步，狠狠瞪了灰老鼠一眼。灰老鼠觉得有点不对劲，悻悻而去。有个头发稀少的男人在前面舞剑。灰老鼠放慢脚步，在离那男人两米远

的地方站着。那男人前额发亮，头顶中央也发亮，一绺头发延伸下来，在额头上弯曲着，像一轮弯弯的瘦月。男人握剑往左边刺去，像是发了力，以至于额头上那一绺弯发抖了下来，悬在鼻梁上，很像电影里清朝官兵斩杀革命党的情形。男人突如其来地将剑向灰老鼠这边刺过来，灰老鼠惊讶不已，后退好几步，差点绊倒在地。

灰老鼠觉得没必要继续逗留了。他毫无目的地横过几条马路。灰老鼠来江南，主要是下错了车。他本来去湖南看他妹子，妹子在那边给人洗脚。当灰老鼠下车后，发现脚踩的土地并不是湖南时，火车已经开动了。他一边跑一边叫喊，火车没有停下，咣咚咣咚，越来越快，越来越远，把他扔在这陌生的江南。好在江南有家乡人霍元彪，而且阴差阳错寻到了这个霍元彪的家，这让本很失望的灰老鼠仿佛又有了成就感。既然来了，干脆住两晚。灰老鼠当时这么想。现在，灰老鼠名义上是去赴约，其实他谁也不认识，他只是想看看江南到底是个啥样。穿过加油站，马路下面的广场上，排起了一条长龙。四面八方的人都朝广场走去，而且下去的人都跟在队伍后面排。灰老鼠朝广场那边加快了脚步，边走边想：肯定遇到好事情了！

灰老鼠走得气喘吁吁。他终于站在了一个穿棕色马甲的老头后面。灰老鼠问那个老头："这是在干什么？"老头瞟了他一眼说："领东西。"灰老鼠又说："领什么东西？"老头说："我也不知道，你只管排队就是了。"又有一批人从马路上跳下来，他们脚跟还没站稳，就急着往队伍后面跑。灰老鼠转过脸，发现队伍又排出去好几米远。灰老鼠转身问自己身后那个正在喝牛奶的老奶奶："是领什么东西？"老奶奶吐出嘴里的吸管说："管它什么东西呢，反正不要钱，你只管排队就是了。"队伍前面像有人在起哄。长长的队形一下从某个地方拉断了，后面的人立马又接了上去，队形又排出来了。灰老鼠紧紧跟在队伍里。最前面一个打领带的中年男子拍着手掌说："大家都排紧凑些，别让人插队！"灰老鼠伸长脖子对那个男子说："是发什么东西？"那男子说："你还是老老实实排队吧，就别问是什么东西了。"

又有几个老奶奶手牵着手，从广场那边的台阶上走下来，她们笑容可掬地站在队伍后面。马路那边开过来一辆面包车，下来五六个老年人，其中一个拄着拐杖，有一个人朝队伍这边喊：“华珍婶，帮我占到位子吗？”队伍里有位妇人回答说：“赶快下来吧，今天的人真是太多了。”灰老鼠对身后那位曾经喝牛奶的老奶奶说：“我能出去一下吗？马上就回来。”老奶奶后面那位戴眼镜的花白老头说：“不行的，你一出去，就不能再排这里了，这是规矩。”队伍后面有几个人在呼应，他们都这么强调。灰老鼠立刻把迈出去的脚收了回来，他伸长脖子朝队伍后面望去，队伍好像从台阶排到了马路那边。越来越长的队伍，更加坚定了灰老鼠排队的信心。但不知是领什么东西，也没看见有人提着东西从队伍里头出来。灰老鼠歪着脖子问他前面再前面的那个矮个子男人，但他前面那位穿马甲的老头很不耐烦，他说：“你问什么问？安心排队就是了！”灰老鼠白了这个老头一眼，心想：又不是问你，插什么嘴，死老头！队伍好像有些松动。喝牛奶的老奶奶拍了一下灰老鼠的肩膀，说：“往前移几步，要跟紧。”灰老鼠向前移了几小步，他鞋尖碰到了穿马甲老头的鞋跟。老头侧过身说：“挤什么挤？还没轮到领东西呢。”

就在灰老鼠感觉有些尿意时，队伍前面又发生了一阵骚乱，队伍松散了一下，马上又被大家粘了上去。大家都保持高度的警惕。灰老鼠感到有一双手搂住自己的腰，低头一看，是一双白生生的老手，皮肤都卷了皱，几根青血管都绽了出来。顺着这双老手，灰老鼠就看见了后面那位曾经喝牛奶的老奶奶，他向老奶奶投出诧异的眼光，再细看，发现老奶奶后面那个高个子男人也用双手搂住了老奶奶的腰。老奶奶提示他说：“你用手搂住前面的人，这样队伍就不会断了，快点！”灰老鼠呆头呆脑伸出双手，试探性地抱上去。前面那个穿马甲的老头惊愕地说：“你干什么？”灰老鼠正想解释，后面很多人都帮他说话，大意是：让他抱着，而且要老头去抱前面的人。于是，穿棕色马甲的老头也张开双手，抱住了前面那个矮个子男子。就这样，大家十分配合地被后者抱住，又毫不犹豫地抱住前者。没多久，长长的队伍变成了一条牢不可破的“人链”，从广场门口出来，沿着广场形成一道弧，然后伸向广场台阶，再伸向马路边，一直延伸到三眼桥那边。

太阳出来了。阳光洒在每个人脸上。队伍向前移动的速度仍就很慢。灰老鼠感觉膀胱有点胀。特别是那位喝牛奶的老奶奶双手紧紧地抱住自

己的肚子。灰老鼠认为，可能是被抱得太紧，上半身的水分被挤压到膀胱里，导致他越来越想拉尿。灰老鼠说："我出去解个手再来，好吗?"喝牛奶的老奶奶坚定地说："不行的，都去解手了，都不来排队，又都想领东西，哪有这样的好事?"后面很多人也这么认为。队伍又向前移了几小步。灰老鼠斜着脑袋伸着脖子看队伍前面，还是望不到尽头。喝牛奶的老奶奶说："别看了，安心排队吧。"穿马甲的老头已经松开双手，他只用一只手搁在前面那个矮个子肩膀上。老头侧过脸对灰老鼠说："别抱了，真难受，你抓住我马甲带子就行了。"灰老鼠松开手，用一根食指扣住老头马甲背后的那根带子。灰老鼠央求喝牛奶的老奶奶也松开手。老奶奶说：不行的，别人会插队。正说着，就有人走过来，想从这里走过去。大家相互告诫说："抱紧点，别让人插队!"那人摇着头，转了回去。

灰老鼠脸上冒汗，膀胱也越来越胀。侥幸的是，队伍又前进了好几步。灰老鼠开始夹腿的时候，他已排到了阳光的阴暗处，他终于看到广场里面那两扇大门，一扇开着，一扇关着。关着的那扇门前摆了一张桌子，后面坐着三四个人，旁边还站着一个戴平顶帽的保安。只见排到最前面的那个人弯下腰，在桌子上写了一下，然后就被人引进开着的那扇门里。队伍只有人进去，没有人出来，也不知道他们到底领到什么好东西。

终于排到头了。灰老鼠亲眼看见自己前面那个穿马甲的老头走上去，被人引到桌边写了一下，然后又被人引进那扇小门。灰老鼠紧紧夹着双腿，心里反复告诫自己，再忍忍，马上就可以领东西了。灰老鼠正想不请自到地走上去，保安过来了，他把两只手伸得老高，十个手指不停地往下挖，对大家说："不好意思，今天就到此为止，如果你们很喜欢这东西，请于明天上午8点，准时赶到这里排队!"

队伍一下子松开了。大家作鸟兽散。灰老鼠明显感到自己控制不住了，但他还是问那个保安："同志，到底是发什么东西?"保安说："你明天早点来排队，就知道了。"

灰老鼠什么也不想了。他只想上厕所。然后，痛痛快快去吃一碗面。

耳聋

洗完澡，他就给她修指甲。他知道，只有这样，她今晚才能和他缠绵一回。前天晚上，她本来答应了，临时有个姐妹约她出去打牌，结果让他等到凌晨3点。他实在支持不住了，便放弃了那个漫长的等待。他清楚她对做那事的具体要求：第一，必须听话，确保她心情好；第二，必须洗澡，确保双方身体干干净净；第三，活动时间只能在夜晚，即便是凌晨，只要窗外有光，她也会坚决反对；第四，必须在她清醒的时候。昨晚，他照她的吩咐，先洗碗，再抹桌子，然后洗衣服，最后拖地板，等他把澡洗完，兴冲冲蹿进房时，他发现她已经睡了，而且有轻微的鼾声。显然，昨晚他也是在无助的黑夜中度过的。因此，他必须牢牢抓住今晚。他已经出差十几天了。她在他眼里，犹如饥饿的人见到食物一般。

他给她修完脚指甲，又给她修手指甲。修剪工作完成后，他顺便给她做起了按摩。他企图通过这种方式，把她的心思引入到正题上来。他刚给她按了两下，她就把他的手拿开，正经地说：你应该给你妈打个电话回去了，我们已经半年没跟她通电话了。他顿时高兴起来，跳下床，拿起电话，拨通了他遥远的家乡。她说："你急什么？我还有话呢。"他侧过身问："什么事？"她把脚尖翘起来，钩他的三角短裤，然后慢腾腾地说："我这个月打牌输了三万多，我想买套莱珀妮，我上网查过了，打五折，只要三千八。"他说："上个月我给你的七千呢？"她继续用脚尖钩他的三角短裤。她把嘴巴抿了抿，说："输了。"

这时，他听到电话那头的声音。他知道那是母亲的声音。他兴奋地叫："妈，是我！我是狗蛋！"

母亲"喂"了几声后，说："是冲梅呀，你别傻了，生生的书，一定要读！乡里人不读书，怎么会有出息呢？生生从小读书就用功，你千万不要为了钱的事，把他给废了，你明白吗？你看咱们家狗蛋，不就是靠读书出去的么？所以说，你就别傻了！你如果实在没钱，妈给你资助一点——”

“妈，是我呢，我是狗蛋！上海的狗蛋！”他把话筒靠在嘴边，大声地说。她已经用脚指夹起了他的三角短裤，把他往后扯。他扭过头说：“干什么？”她说：“妈在说什么？”他说：“妈把我当成冲梅妹妹了。”

他清晰地听见母亲在那边继续劝他的冲梅妹妹。母亲好像停了半分钟，笑着说：“你是大贵呀？嘻嘻，我还以为是冲梅呢！大贵，你现在感觉怎样？伤口还痛吗？你要多休息，重活就不要再做了。一定要想办法多吃几碗饭，人是铁，饭是钢。你刚做了手术，体质虚，要多吃。什么？胃口不好？你也不管这么多，一定要逼着自己吃。你想吃什么，就对早花说，我让早花给你买。如果没钱，妈给你资助一点——”

“妈，我不是大姐夫，我是狗——蛋！”他把他的小名喊得掷地有声。她又一次用她的脚趾夹起他的三角短裤，往后扯。他用手拍了一下。她说：“跟妈说说，咱们还想买套小房，差点钱。”他转过身，瞪着她说：“爸出车祸时，保险公司赔的五十万，妈不是给了我们四十万吗？”她装出一副撒娇的样子，嘟了嘟嘴说：“妈在乡下，哪用得那么多。”他似乎生气地说：“你好意思！”

他转过身，继续对着话筒喊：“妈，是我呢，狗蛋！上海的狗蛋！”

母亲哈哈地笑，说：“是阳灿呀？阳灿你在家里吗？春毛现在谈了对象没有？离了这么久了，娃娃都读初中了，也该把对象找好了。这样一来，你也就不用为他的事挂牵了。姐对你说，你也年纪一大把了，农村里的工夫是做不完的，你也要多保重身体，不要老是想着去拼命，年纪大了，再争强，也争不过去的。等三三开学了，我过来住一阵。就这样噢！”

“妈，我是王虎诚！他开始报他的书名。”

他听到母亲在那头骂他的小侄儿三三，好像是“三三你就别吵了，奶奶在跟舅公打电话呢”。他趁机解释说：“妈，是我呢，我不是大舅舅，我是王虎诚！我是狗蛋！”

母亲幡然醒悟地说："你看看，讲了半天，原来你是崩子！崩子呀，你是从深圳打来的吧！你在外面打工，一定要听领导的话，学好，钱挣多挣少是小事，现在社会复杂，打架的、吃药的很多，千万不要违法，你记得了么？外婆身体很好，你就不要挂念了。如果没有事的话，就算了，好吗——"

"妈——我是狗蛋！狗蛋！狗蛋！狗蛋！"他接二连三报出自己的名字。

母亲呵呵地笑，兴奋地说："我就猜是狗蛋了，怪不得刚才有点不对！蛋儿，你和春芳还好吗？志华大学快毕业了吧？"

他欣喜地对母亲说："妈，我挺好，春芳也挺好，志华正准备考研呢！妈，你还好吗？你耳朵怎么了？"

母亲没有回答他的话，独自在那头说："蛋儿，妈现在很好，你就不要挂念了，你只管放心工作。上海是个花花城市，要学好样，要对春芳好，知道了吗？没有什么当紧的事，就不要打电话来，浪费电话费。上海猪肉贵，该吃的要吃，千万不要节省。娘这里还有十万块钱，如果你需要，娘就要人把钱汇过来——"

"妈——"他大声喊道。

母亲突然转换了口气，严肃地说："你到底是哪个？你要找王麻子？这里是乡下，没有王麻子，只有一个叫周麻子的。碰鬼了，找王麻子？吓死人了！害得我讲了大半天！"

他来不及再次呼喊母亲。母亲已经挂断了电话。他泪流满脸地站在那儿。

她笑嘻嘻地对他说："刚才我听见了，妈同意把那十万给我们，只要你开口。对了，刚才你为什么不开口？"

他擦了一把泪，朝她瞪了一眼，出去了。

她斜躺在床上，对他说："王虎诚，你怎么不说话？你聋了"？

探　视

霍元彪去单位报了个到，在办公室坐了不足五分钟，就匆匆坐电梯下楼了。

早上八九点钟的万福路，车流如潮。霍元彪几次想从人行横道上奔过去，都没有成功。开车的人仿佛都迟到了似的，都在踩着油门急匆匆地赶。霍元彪甚至还看见一个头发梳得油光光的家伙，闭着眼睛开过来，差点压到了霍元彪的脚趾。正好后面有一对头发花白的老人，他们不紧不慢地横着过马路。霍元彪见机会来了，赶紧跟了过去，这才安全横过了万福路。

霍元彪迅速往左边巷子里钻，来到一家宾馆。霍元彪从宾馆的前台要了半小时前寄存在那儿的一个纸提袋，然后熟练地钻进宾馆一楼的男厕所。锁好门，霍元彪就开始脱衣脱裤。他把纸袋里面的衣服穿上，又从里面取了一顶金黄色的假发，戴上。再取出一瓶胶水和一条弯弯的黄胡须，用胶水在胡须上面涂了一涂，在自己的下巴上贴上。又从里面摸出一幅乌黑的墨镜，端端正正地戴上。

霍元彪再次来到宾馆前台，里面的服务员已经用英文称呼他“Sir”。霍元彪也不用英文回答，而是用地道的江南话说：“什么 Sir 呀 Sir 的！”穿红色衣服的两个服务员顿时目瞪口呆。霍元彪一边将那个纸袋递过去，一边说：“这袋子再寄存两小时，我中午以前来取。”两个服务员都没有说话。她们真不敢相信：刚才那个人怎么一下就变成了穿着条纹衣服、长黄胡子、满头金发、墨镜几乎罩住半边脸的会说江南话的老外了呢？

霍元彪很快拦了一辆的。开的士的是个光头，他一边开车一边光着头往后打量。霍元彪说：“看什么看，去南雅医院！”

光头摇着光头，踩着油门，很快就把霍元彪送进了南雅医院西门口。付了车钱，霍元彪急忙朝B栋404病房走去。

404病房有三个床位，靠门的病床上躺了一个牙齿基本脱落的老头，他正张着嘴巴呼吸，中间病床躺着一个小女孩，见霍元彪走进去，小女孩急忙用被子蒙了眼。最里面的病床上，躺着霍元彪的同事王昭阳。王昭阳似乎较为清醒，他对霍元彪说："No，No，你找谁？"

门口那个老头子似乎也看见了霍元彪，眼珠子勤快地翻着，呼吸好像在加重。霍元彪对王昭阳说："昭阳，好些了吗？"

王昭阳说："你到底是谁？你找错人了！"

霍元彪取下胡须套，摘下假发，微微地对王昭阳笑。

王昭阳说："霍元彪！你这是怎么了？"

霍元彪竖起一根手指，移到嘴边，轻声地说："嘘——"

霍元彪重新套上胡须，戴上假发，走到病房门口，将房门关上。那个长着一对死鱼眼睛的老头正瞪着他看，呼吸更加急促了。被窝里的那个女孩，开始在被窝里喊妈妈。霍元彪急忙走到王昭阳床前，低下头，轻声说："我只呆几分钟，知道你今天下午要转往北京医院，我不能不亲自过来看看你。昨晚你老婆告诉我，北京医院治你这种病是完全没问题的，你就放心好了。"

王昭阳说："你工作这么忙，不必来看我的。"

霍元彪抓了抓自己的左脸，可能是套着胡须，有点痒，接着又说："那怎么行呢？我不是一个忘恩负义的人！那年，单位搞体检，医院把我弄错了，说我是肺结核。我住院时，没一个人敢来看我，只有你，派你老婆看了我，我是一辈子不会忘记的。"

王昭阳想说话，霍元彪抢着说："你不要说话，听我讲！你也知道，单位每搞一次体检，就会有一大批人住进医院。"

王昭阳还是要讲话，他说："隔壁就住着监察室的毛副处长。营运处的马科长住在三楼，还有，王芙蓉处长住在五楼。"

霍元彪有点紧张了，他嘴里"嘘"了一声。他说："这我都知道，这也正是我为什么这般模样来看你的原因。你也许不知道，除了这三个以外，A栋楼里还住着我们单位九个人。"

王昭阳“啊”了一声，问：“哪九个?”

霍元彪轻轻地说：“郭副局长长痔疮，听说昨天才开的刀；张副局长鼻子里长息肉，据说也要开刀。”

怪不得张副局长说起话来，嗡嗡嗡的，原来里面有息肉。王昭阳附和着又问：“还有谁?”

霍元彪又抓了一下自己的脸，急急地说：“办公室的王平，喉癌；计划处的罗青梅，子宫肌瘤；科技处的江海处长，精神分裂症；人事处管劳资的朱明学，青光眼；法规处的吴杰军，脑动脉硬化；信访办的孙周，耳聋；还有就是，财务处的孙处长，据说是性病。”

王昭阳一口吐出三四个“啊”来。他完全想不到，一次体检竟会让这么多人住进医院，真是太可怕了。

霍元彪从内衣口袋掏出一个包，友善地说：“兄弟，这是一点心意，望你早日康复!”

王昭阳好像很受感动，很真诚地说：让你破费了，你能来看我，已是万分感谢了。

霍元彪说：“快收好，不多，一点心意而已，别让住院的其他同事或者家属看到了，那样，就不好了。”

接着，霍元彪深沉地说：“兄弟，你下午去北京，我就不来送你了，单位马上要开会，有两个领导要讲话，我得赶快回去写稿子。”

房门口那个老头看来情况有点不妙，好像只有出气的声音。中间的女孩也一直在被窝里喊妈妈。

霍元彪毫不犹豫地离开了病房。

望着那身斑马服，王昭阳既是感动，又是内疚。感动的是，他霍元彪化着装，来看自己；内疚的是，那次老婆顺便看了他霍元彪，其实是走错了门，本来是去看马副局长的，楼层弄错了，走到他霍元彪病房。因为这事，老婆还被自己骂得半死。

化验

文革期间，新生事物层出不穷。

在我们榆树湾医院，有一个洗洗刷刷拖拖扫扫的周红兵，一夜之间便成了望闻问切的主治医生，而那些被誉为“反动学术”权威的主治医生却沦为清洁工。

这天，周红兵拿出数年来勤杂生涯中的所见所闻所感所思，穿了白大褂，很正统地坐在门诊室的办公桌边，等候病人到来。前后数小时，都无人问津。周红兵就感到寂寞无聊，先是惊喜地从抽屉里摸出一副听筒，往耳朵里一塞，说道：“狗日的，怎么没听到唱革命歌曲呢！周红兵打心里在骂原来的那帮医生懂个卵，整天佩戴这玩意，在女人奶子上摸来摸去，占尽了革命群众的便宜。”听筒玩腻以后，周红兵又拿起剪刀剪指甲，左手那五排黑油油的指甲被周红兵在一腔仇恨中彻底剪落。

正当周红兵想方设法修剪右指甲时，门前走进一个老头。老头双手捧腹，口里不停地发出“哎哟哎哟”的痛苦声。周红兵认为时机已到，放下剪刀，拿出“工人阶级”的风格，严肃地问道：“革命群众身体永远健康，你为什么却落到这个下场?”

老头不答，直起腰，像遇见救星一样，诉说着：“哎哟，我肚子好痛，哎哟!”

周红兵伸出那排还未来得及修剪的右指甲，在老头皮球般的肚皮上挤了挤，提起笔，开出一张化验单，上面写着：验屁。周红兵。

目睹老头的背影，周红兵很是欣慰。他总算看过一个病号了，而且为他开了一张化验单，像原来的医生那样，很顺利。

老头把化验单交给化验室的老王，老王犯难了，心想：我干了半辈

子的化验，只干过验血、验尿、验大便的行当，从来没有验过屁。但老王马上又意识到，验屁可能是现在出现的新生事物，应该扶持，怠慢不得。于是，他对老头说："你有屁，就快放吧。"

老头两眼发呆，不知如何是好。无奈，为了早除病痛，于是有意识地鼓了一把劲，用力排放，无声，无色，无味，自然达不到老王的要求。

老王有点不耐烦了，说："你先回家去吧，等有了屁，再找周医生。"

老头依旧捧腹，疼痛难忍。老婆子得知，买来三斤生红薯，逼老头啃下肚去，制造响屁。时过一夜，老头肛门松动，屁滚尿流。大喜：臭屁来了，赶快收藏。

屁者，难闻之气，盛屁之具，必为密封之瓶，否则枉然。老婆子再生一计，从乡长女人那里借来一个保温杯，盛了老头一串撕烂布般的臭屁，要老头赶紧送往医院。

老头手捧保温杯，像抓了根救命稻草，匆匆来到榆树湾医院门诊室，双手递给正在打盹的周红兵。

周红兵睁开惺忪的睡眼，以为老头是给他送茶水来了。拧开瓶盖，挨着鼻孔往杯里一望，怒骂道：怎么搞的？里面屁都没有？

老翁大吼："你不是要我的屁么？里面全是红薯屁，但是你已经它放跑了。"

周红兵这才闻到一股死鱼般的浓臭味，掉了杯子，"哇哪哇哪"呕吐去了。

白头吟

我和我夫人牵着我们的腊肠犬正要出门，一个长得有点像杨钰莹的少妇走过来将我们拦住。她说："你应该是那位号称是我们佛山的悲情作家阿也吧?"我说："我是阿也，但我不赞成别人说我是悲情作家。"她说："不管你同不同意，今天我到这里来，是想让你为我悲情一次。"我说："此话怎讲?"她说："你们当作家的，一千字大概有两三千块钱吧?"我惊讶地说："不可能这么多的，除非我得了诺奖，像莫言一样。"这个漂亮得有点乏力的美丽女人，麻利地拉开她的坤包，从里面掏出一扎红灿灿的人民币，说："这是一万块，请你帮我写一篇哭我爸爸的祭文，大概三千字，越悲情越好，明天就要。"我有点不知所措了。夫人向前迈了一小步，她用身子碰了我一下。我知道夫人的意思，这是一笔送上门来的可观稿酬，不要白不要。可我还是说："写这种文章，是需要素材的。"她说："这我知道，我虽然没发表过什么文章，但我曾经也是学校的节目主持，我相信，你的文字，加上我的哭诉，一定会让所有吊唁者泪流满面的。"夫人再次用她胳膊碰了我一下。我说："应该是这样。"

夫人独自牵着我们的腊肠犬去了公园。我坐着这位少妇的红色"高尔夫"去了一家茶楼。来到一个较为偏僻的包房，她问我喜欢喝什么茶。我说就来杯白开水吧。她说不可以这样的，来茶楼，就得喝茶。我说那就来一杯铁观音吧。服务员很快端来一壶铁观音。她对服务员说："你再提一壶开水来。"服务员说："没关系的，我会定时来添水。"她说："你只要提壶开水进来，这里就基本上没你什么事了?"服务员认真地说："为什么?"她有点热泪盈眶地说："不为什么。"服务员提来一个开水瓶，她站起来说："好了，你现在可以出去了，只要没有突发事件，请你千万

不要打扰我们。”说完，她轻轻关上门。然后从包里掏出一包香烟、一个笔记本、一支笔，她说：“作家应该是抽烟的，你们所编的文字，全都是烟雾熏出来的。这是笔，这是记录本，我现在就说说我爸，就当是你写作的素材吧。”

我一边拿过记录本和笔，一边说：“我不抽烟的。”她将香烟带子拆开，打开翻盖帽，抽掉里面那层黄金色的纸，掏出一支烟，自己点上，说：“我爸是个苦命人。”

我捧着茶杯喝了一口茶，配合性地点了点头。她说：“你要记录呀，你不记录，你怎么了解我爸呢？”我说：“我会的，你说吧。”

她沉默一会儿，说：“我爸年轻的时候，就基本上是一个废人。”

我有点惊讶。她说：“你不要这样，我爸是个好人，是全天下最好的男人，最好的父亲。”

我重重地点了几下头。

她吐出一道青烟，说：“我爸七岁的时候，爬树掏鸟蛋，从十几米高的树上掉下来，他没有摔断腰、摔断脚、摔断手——”

我鼓起眼珠认真听。

“但他摔得不轻。在我爷爷看来，他应该摔掉了自己的一生。”

“他怎么了？”

“他摔碎了男人最宝贵的一对睾丸。”

“啊——”

“你也不要再啊了，你现在算是知道了，我不是我爸的亲生女儿——是的，我爸这辈子没有亲生儿女，但他早已把我当成了他的亲生女儿。我爸结过两次婚。第一次，还没有我。他和他的第一任老婆只相处了半年。他的第一任老婆说他是孬种，就跟村里的另一个男人好上了，与我爸离了婚，与那个老光棍结了婚。”

“那——”

“你不要再那了，你就安安静静地听我说。”

“嗯。”

“我爸咽不下这口气，就离开了那个从小生长的伤心之地，一个人进了城。开头是搞搬运。别人扛一百斤，他非要扛一百五。我爸你没见过，

他只有一米五八，瘦个子，背有点驼，但他时常汗流浃背地扛一百多斤的货。他扛得吐过无数次血。医生告诉他，不能再干重活了。后来，他就去杀猪，走村串户，买了猪，运到城里杀，然后卖。刚开始时，他无法将那些个头大的猪扳倒，常常被猪拱倒在猪圈里。但是，我爸从来就没放弃过。他应该算得上是我们那个县城资格较老的屠户。再后来，在一个麻麻亮的早晨，在一个垃圾桶旁边，我爸遇到了我。我爸说，发现我时，我只有微弱的哭声，我的脸部全是紫色……"

她似乎不说了，将头低下来，咳嗽几声，然后隐隐地哭。我抽出一张纸巾，递给她。她擦了擦，泪水越擦越多。她哽咽了几下，放声哭了出来。

服务员在敲门。我走过去。拉开一道缝。服务员说："怎么了？对我们的服务不满意吗？"我说："满意满意，没事的，我们在谈心，谈心。"

我坐下去时，她已经擦干了泪，扬着红红的鼻子和眼睛，说："对不起，我控制不住，我知道，这里是不能随便哭的。"她努力堆着笑，然后用手拢了拢头发，继续说："差不多在我三岁的时候，我爸迎来了他的第二次婚姻。我妈是个摆地摊的，个头很大，也很肥，还带了两个七八岁的哥哥。我爷爷从那时起就基本上离开了我，回了他的村庄。我们一家五口住在城边一个狭小的柴房里。我妈似乎很不喜欢我，她常常用手指掐我的肚皮，两个哥哥也看不起我，他们偷偷用脚踢我。我很害怕。有一次，我爸问我为什么老是抱着肚子，我不敢说。我爸翻开我的衣服，看到我肚子上青一块紫一块的，问我到底怎么了。我试图用手指指向我那个肥妈，可是，我的肥妈冲过来，给了我一耳光。后来，我就看见我爸和我妈紧紧抱在一起，一直滚到屋门口的水沟里。我看见我爸躺在水沟里，满身是泥，脸上黑乎乎的。我妈用雨点般的拳头砸下去，我爸的两个眼珠直翻白眼。我吓得哇哇大哭。好在有人冲出来，把他们拉开了。要不，我爸那次会被打晕的……"

"那次以后，我基本上生活在恐惧里。在我四岁半的时候，我爸终于和我妈离了婚。从此，他再也没有结婚的念头。我五岁时，我爸提着一块肉，带我去见老师。终于，我在城里一所学前班开始了我的学生生涯。我一直忘不了爸爸那双油腻腻的手，我时常在空荡荡的学校里，等待着那双手，把我牵回那个快乐的家。”

“一次，是星期天的晚上，爸爸牵着我的手，去城东的烧烤街，他要给我买烤肠吃。我蹲在烤摊边系鞋带子，一辆摩托吱吱地奔过来，我爸大叫着扑向我，把我一手拉开。但是，我可怜的爸爸，却被那辆发疯的摩托，撞出去几米远。我惊哭着喊：爸爸，爸爸，他一直不吭声，嘴里满是鲜血……”

“我爸应该是世界上最好的老师了。他虽然只读过初中，但他教会了我怎么为人，怎么面对现实，怎么靠自己的努力，去争取自己应该得到的幸福。1993 年，我高中毕业，我考上了天津财院，是我们学校考得最好的一个。我一直忘不了那一天，我爸高兴得像个孩子，他买了一挂长长的鞭炮，在我们租住的那个小屋门前噼里啪啦地放，他忘了丢掉手里那个大鞭炮，以至于他的一根手指，被炸飞了一大节。我爸杀猪几十年，都没弄伤过手，那次，却伤成那样……”

她又要抽烟。我说：“你真抽烟吗?”她咳了一下，说：“我不抽烟的，我在帮我爸抽。我爸说，烟就是他的女人。以至于，他后来得了肺癌——”

“需要我说说他得病以后的事情吗?”

我说：“够了，足够了，我真还没听过这样的父亲，你爸确实是个伟大的父亲!”她见我眼珠子在翻动，说：“那好吧，你可以写了。明天上午八点，我准时来拿祭文。”

我泛着泪花，点了点头。

女奸

1945年。仲秋。

法国夏特瑞城小镇的梧桐黄叶翻飞，点点滴滴都在预示着这里的美好情形，每况愈下的生活一点也不影响夏特瑞城人收获民族胜利的喜悦心情。小小的夏特瑞城顷刻间变得喜庆非凡，人民用白兰地庆祝法西斯铁蹄折断在夏特瑞城小镇。

夏特瑞城小镇尾街的厢房里蜷缩着一个正处在哺乳期的女人。那是巴特洛的女儿，也是夏特瑞城人人敬仰的英雄的女儿。就在法西斯队伍开进夏特瑞城的前几天，巴特洛就领出一帮小镇人物走进夏特瑞城的茫茫丛林，包括巴特洛的儿子。从此，法西斯士兵在夏特瑞城就没过上安稳日子。当然，巴特洛家的坏消息也不断从山里传来，先是巴特洛的儿子被乱炮击穿了肚子，肠子流得满地都是，接下来就听说巴特洛本人的一只眼睛被冷枪击中，掉了一颗眼珠，再后来，就是巴特洛的女儿爱上了驻扎在夏特瑞城的一个德国兵。可是，谁也没有能力去阻止这种深恶痛绝的爱，人民只能眼睁睁地看着巴特洛的女儿与那个德国兵习以为常地同居包括不可思议地做爱。一只眼睛看问题的巴特洛似乎变得更加顽强，他让那些该死的法西斯们个个惶恐不安。直到法西斯彻底完蛋的前两个月，他们才算除掉了眼中钉，英雄的巴特洛除了伤痕累累之外，心脏里吞并了好儿颗子弹。而就在这时，夏特瑞城的英雄巴特洛的女儿也顺利地为那个德国兵产下了一个小女。法西斯在夏特瑞城小镇收场的时候，巴特洛家婴儿的啼哭声彻夜未停。现在好多了，外面都是欢呼声，女人怀里的婴儿倒能安详入睡。战争往往和婴儿格格不入。

人流慢慢涌进英雄巴特洛的家。

往日的警察开始履行起时隔多久的职责了，但他们马上进入了角色，几个头戴铁盔的小镇警察在维持着英雄家门口的秩序。男男女女老老少少聚集在巴特洛的屋前，他们要给屋里那个女人以最难看的惩罚。人群中立刻让出一条道来，两个上了年纪的理发师早有准备地提了剪具进入巴特洛的家。屋外的人群在等待那个丑陋女人出来。

不多久，哺乳期的光头女人被推了出来，怀里抱着她的小女。小女哇哇大哭，光头女人惊恐万状。所有的夏特瑞城人都在呼喊着同一句话：丑女人离开夏特瑞城！丑女人离开夏特瑞城……

一个头戴锅盖帽的老人和一个警察在前面开道，一个警察用手推着光头女人的背。光头女人像只受惊的鸡，抱着孩子呆呆地走在夏特瑞城大街。老太太搂了长裙咬着牙观望着，不懂事的小女孩冲在最前面，不断地回头细看。光头女人后面人流如水，他们个个伸长脖子举目张望。这是一次大快人心的送行。街道两边的窗户全都打开了，行动不便的人个个俯在窗口。

没有人不为之欢笑。这不仅仅是为英雄扫除耻辱，更重要的是为夏特瑞城小镇扫除耻辱。这比战争更重要。

法西斯战败后法国夏特瑞城小镇最热闹的一幕，恰恰收藏在匈牙利摄影师罗伯特·卡帕的相机里。

失　眠

原以为长沙这笔款很难收，公司就派了业管部的霍元彪、财务部的马原和法规部的张海三个人一同前往。想不到事情竟如此顺利，不到两小时，长沙这边就把款给付了。三个人都觉得应该在长沙住一晚。这不仅因为大家都没来过，更重要的是，成熟男人们早就听懂了那句撩人的话：湘女多情。

晚餐过后，三个人都觉得没必要去住高档宾馆。他们很顺利地在芙蓉路上找到了一家私人旅馆。旅馆老板很明确地对他们说："彩电、空调、热水样样都有，被单也是新的。"张海追问说："还有呢?"老板仿佛明白了三个异地男人的心事，堆着笑说："想玩什么，有什么，包你们满意的!"然而，在办理入住手续时，老板有些犯难。马原问："怎么了?"老板说："实不凑巧，只一个单间了。"马原和张海都用失望的眼神看了对方一眼，他俩架着肩膀悄悄走到一边嘀咕起来。尔后，马原转过身，指着张海，对那位留平头的胖老板说："这样吧，你把我俩安排在一个标间。"马原这种安排，让霍元彪有点为难。霍元彪压根儿就不想住什么单间。一个单间180元，一个标间才160元，公司每晚的报销标准是100元，这等于自己要倒贴80元，他们两个呢，每人还可赚20元。霍元彪想说点什么。但马原抢着说："彪哥，特意照顾你的，晚上做事方便些!"霍元彪说："你既然这么讲，那我俩对换一下，你住单间，我和张海住标间。"马原不说话了，只对霍元彪做了个异常夸张的挑逗眼神，尔后搂着张海的肩上楼去了。

三人首先来到211标准间。刚进门，就闻到一股死鱼般的腥味。霍元彪拧着鼻子朝楼道喊："服务员，服务员!"一个穿淡红衣服的女服务员摇摇摆摆走过来，说：“有什么事?”霍元彪说：“这房里是什么气味?”女服务员边走边说：“没什么气味呀，是这样的。”女服务员走进房间，掀开窗帘，推开窗户，随后从裤兜里掏出一瓶空气清新剂，对着房间喷，又钻进卫生间，“呲呲呲”地喷。女服务员说：“这房间很安全，外面装了两层防盗网，电视也是新的。”张海蹲在床边看床单，他指着一块黄斑问：“这是什么?”女服务员说：“可能是铁锈，没事的，都通过了高温消毒。”马原说：“请把这里所有被单全部换一下，不然，我们就要退房了!”女服务员说：“好的，你们稍等!”霍元彪的那个单间在五楼，520房。霍元彪说：“请你也把520的被单换一下。”女服务员说：“不好意思，我只管一二三楼，四五六楼是另一个服务员，你自己去跟她说吧。”三个人又来到520。单间不愧是单间，宽大的双人床，窗台边还配了张贵妃小床。马原指着床头柜上的红色竖牌说：“彪哥，看到了吗？休闲按摩，内部电话833，今晚你可要好好享受一番啦，别辜负了我和张海的一片心意!”霍元彪摇着头说：“真是笑话，我像做那种事的人吗？张海笑眯眯地说：一个人住这，鬼才知道你没做那种事，说不定，还双飞呢!”霍元彪想进一步解释，马原拍着张海的肩出去了。

看了几分钟湖南卫视的娱乐节目，霍元彪就去洗澡。霍元彪刚把头发打湿，房间电话响了。霍元彪关上水龙头，张着耳朵细听，确实是房间电话铃铃铃地响。霍元彪以为是马原他们两个打上来的，赤着身子走了出来。刚要抓话筒，又不响了。霍元彪翻阅旅馆的内部电话簿，拨马原房间的电话。电话占线。霍元彪只得光着湿漉漉的身子，又看了几分钟湖南卫视的相亲节目。一个头发金黄的中年妇女问前来征婚的那个光头男是不是喜欢狗狗，光头男说他并不反对家里养狗，金发妇女又说如果男人不喜欢狗狗，她就灭了他的灯，理由是因为她特别喜欢狗，而且常和狗在一起睡。霍元彪觉得那个金发妇女真是太不可理喻了。霍元彪再次拨211房间电话，仍旧占线。霍元彪骂了句“狗日的”，又去卫生间洗澡了。洗得满头泡沫，房间电话又响了。霍元彪本不想接，但电话响得异常执著。霍元彪用浴巾擦了擦头，冲进房间，拿起电话说：“喂——”里面是个女孩的声音。女孩说：“先生，要不要按摩?”霍元彪说：“不要，我正在洗澡呢。”女孩又说：“那要不要我给你洗?”霍元彪

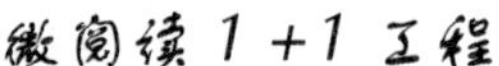

说："你到底是按摩的，还是洗澡的？"女孩说："你想怎样就怎样。"霍元彪毫不含糊地说："我想休息！"女孩柔柔地说："大哥，你还是不是男人呀？"霍元彪说："你什么意思？"女孩变得有些嗲声嗲气，她说："大哥，你就不要装正经了，男人出门在外，该潇洒时就得潇洒。"霍元彪说："我潇洒不起来呢。"女孩更加嗲了，她说："哥哥，你能住单间，怎么说潇洒不起来呢？实话告诉你吧，你那两个住标间的朋友，现在都开始潇洒了。"霍元彪的脑袋像断了电，顷刻一片空白，但后来他还是坚定地说："他们怎么样，是他们的事，你如果再打电话骚扰，我就报警了！"

电话那头挂掉了。留下嘟嘟嘟的声音。

洗完澡，霍元彪赤着膀子斜躺在床上。电视里的相亲节目还在进行中，又上来一个戴鸭嘴帽的中年男人，湖北那边过来的，他说他喜欢跑步，在武汉有两套房，如果这次长沙牵手成功，他会在长沙再买一套房，而且愿意定居长沙。头发金黄的那个妇女同样问他是不是喜欢狗狗……霍元彪实在有点看不下去了，就换了一个频道，是《幸福来敲门》，也是男女相亲节目。霍元彪有点心烦了，但他隐隐听到有人真的好像在敲门。眼珠子贴着房门猫眼往外看，确实有一个露背女孩在敲对面的门，敲了两下，就进去了。霍元彪有点坐立不安。他觉得太可怕了，危险迟早会来敲他的门的。霍元彪穿好衣服和鞋袜，掏出钱包，捏着手机，取了房卡，关上房门，悄悄下了楼。来到二楼，他躲在拐角的楼梯边，目光炯炯地注视着马原和张海居住的那个211房间。刚候上几分钟，211房间的门就拉开了。霍元彪本能地用他的手机对准那儿视频。出来的那个女孩穿吊袋衣，屁股一扭一扭朝那头走去了。过了几分钟，211又开出一道缝，挪出一个穿红色短衣裹着超短紫裙的女孩，头发有点黄，快要闪出来时，那女孩仿佛有点舍不得，她捧着里面的半边脸"啵"地亲了一口。视频显示得很清楚：是张海！他娘的张海！霍元彪迅速返回520，他给211打电话。马原接了电话。马原用一种有气无力的口吻说："哪里？"霍元彪说："你们睡了？"马原一听是霍元彪的声音，来了劲，提高嗓门说："是彪哥呀，玩了几个湘妹了？"霍元彪说："我才不做那种事呢！"马原说："你就不要骗我了，我们这双人间都有小姐打电话，你那单人间难道没有？你把我们当蠢宝了，你不做那种事，鬼才相信呢！"

霍元彪急了，想继续说，但马原已经搁了电话。霍元彪觉得自己的头一胀一缩的，毫无睡意。想起刚才那一幕，他无法入眠。你想怎样就怎样。你就不要装正经了。你还是不是男人呀？都开始潇洒了。"啵"地亲了一口。你不做那种事，鬼才相信呢。他娘的张海！

霍元彪穿了外套，整好行李，取了房卡，来到一楼总台。他对台内那位昏昏欲睡的服务员说："服务员，退房！"服务员睁大眼睛说："你不是刚住进来的，怎么又要退房了呢？"霍元彪说："你就别问那么多了，退吧。"服务员说："先生，那还是要收钱的。"霍元彪说："收多少？"服务员说："你在床上睡了没有？"霍元彪说："没有。"服务员说："你洗过澡没有？"霍元彪说："洗了。"服务员说："那就该收半天的钱了。"霍元彪想了想，没有异议。

霍元彪开启手机视频，对着服务台照。服务员说："你这是干什么？"霍元彪说："你只管办结账手续，别问干什么了，我能干什么呢？"付过钱，开好票，霍元彪把手机视频交给服务员说："你帮我录一下，对着墙上的钟表先录一个镜头。"霍元彪把他的小包挎在肩上，走出大门。边走边吩咐服务员对着他进行视频。走出大门，霍元彪转过身说："你们这，哪里有酒吧？"服务员说："解放路就有一家，叫'魅力四射'。"霍元彪说："怎么走？"服务员喃喃地说："你打的吧，你只要告诉司机，说去'魅力四射'，他会把你带到的。"

霍元彪握着手机视频，来到芙蓉路边。他拦了一辆的。嘴里嚼着槟榔的的士司机把车停在他跟前。霍元彪用手机对着的士车照了一番，然后又对着司机照。司机说："你是要打的呢，还是要干什么？"霍元彪一边视频一边说："我是要打的，你稍等一会。"霍元彪把手机交给司机，说："你对着我，帮我按一下这里就行了。"霍元彪返过身，走出几米远，然后挎着小包走过来，拉开车门，说："师傅，去'魅力四射'！"司机把手机交给霍元彪，异常茫然地看了他一眼，然后发动车，箭一般地朝"魅力四射"奔去。

来到"魅力四射"，戴红帽的男服务生将霍元彪领进一个靠窗的吧台，问他喝什么酒。霍元彪用手机对着里面的人群扫视了一遍。男服务生说："你这是干吗？"霍元彪也不回答，毫不犹豫地将手机交给男服务

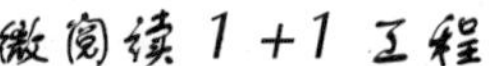

生，说："帮我视频一下，按这里，就可以了。"说完，他跑到吧台中央，对着手机扭了扭身子，然后伸出两根指头，做"丫"字状，嘴里喊了一声"耶——"霍元彪又扭着屁股来到酒吧南端。他要男服务生跟着他走。照了好几分钟，男服务生说："先生，现在可以点酒了吗?"霍元彪说："有啤酒吗?"男服务生说："有。"霍元彪说："那就来一瓶青岛纯生吧。"男服务生说："要不要人陪?"霍元彪说："陪?"男服务生说："是的。"男服务生指着门口那几个穿着性感的女孩，对霍元彪说："她们可以陪你喝。"有个女孩已经注意到这边，她径直走过来，说："大哥，是不是要我陪你喝?"霍元彪说："你先别说喝，你帮我录一下，按这里，就行了。"霍元彪把手机视频交给那个女孩。霍元彪对着手机连喝了两杯。女孩打了个手势，走过来一个男服务生，女孩说："给我拿一瓶洋酒来。"霍元彪说："干吗?"女孩说："大哥，你不是要喝酒吗?"霍元彪说："我不喝洋酒的。"女孩说："大哥，可我喜欢喝洋酒呢。"霍元彪说："我丑话说在前头，你要喝，你买单!"女孩说："你不是要我陪你喝酒?"霍元彪说："谁说的?我只是要你帮我录一下。"女孩"哼"的一声走了，还留下一句很不中听的话：神经病！这话霍元彪或许听到，或许没听到。霍元彪把手机视频调整好，放在窗户边，自己一个人对着它慢慢品酒。两瓶啤酒差不多喝了三个多小时。霍元彪觉得自己非常自在，心情也好了许多。酒吧那边有人在发酒疯，摔烂了一个杯子，说话也像放炮似的。霍元彪拿着手机去视频，还没照上几秒钟，就被发酒疯的人注意到了，摔过来一个杯子，还撂来一句话：你妈妈的，照什么照?酒杯在霍元彪的脖子旁边飞过去，砸在地上。两个男服务生立刻将霍元彪拖了出来。霍元彪也觉得这里不是久留之地，结了账，出了酒吧。

午夜街道上，行人少了许多。霍元彪背着他的小包往南走，来到一个名叫"天外飞仙"的网吧。里面坐了不少网虫，烟雾缭绕。霍元彪对老板说："这里可以玩通宵吗?"老板说："可以的。"霍元彪说："那好，你先帮我一个忙。"霍元彪把手机调到视频，拉着老板来到店外，说："你帮我视频一下，我想用它证明我从现在到天亮一直在这里上网。"老板说："你这是为什么?"霍元彪说："别问为什么，你只管录就是了。"霍元彪蹒跚着从马路那边走过来，跨进"天外飞仙"，走进25号电脑台，开启电脑，打开“黄金岛”，玩起了四川麻将。老板说：“现在行了吗?”霍元彪说：“好的，不过一个小时给我录一二分钟，一直录到天亮。”老板有些迟疑。霍元彪说：“多给你 30 元，好不好?”老板说：“那行，那行!”

就这样，霍元彪初来长沙的这个夜晚，他在“黄金岛”上搓了六七个小时的四川麻将。天亮时候，他将信心百倍地去叫醒他那两个同事，然后飞回江南一方，回到老婆身边，美美地睡上一觉。因为他一夜没睡。

水俣

水俣村是个不大的小渔村。人们以渔业为生。这里女多男少，但是，四十岁以上的女人，大多是些货真价实的寡妇。

东方鱼肚泛白时，阿崎婆就跪在门口祭拜海神。祭完海神后，阿崎婆就要出海了。凭阿崎婆几十年的海边经验，这个时候该是扁头鱼的产卵高峰，最容易捕获扁头鱼。阿崎婆不想放过这样的好机会，她得早早出海，风里漂泊，浪里收网，然后将鱼卖给进村的鱼贩，换了钱，为她的真由子添上一件上好的衣裳。真由子去年被一个鱼贩相上了。这是一件值得高兴的事。阿崎婆现在唯一的心愿，就是早早将船划进海域。如果男人滕木太郎不去中国的话，他现在应该正和自己划着这艘小船，去鱼的栖息地，为他们的真由子的婚事忙碌着。但是她的滕木太郎一去就是六年。直到有一天，北海道过来一个人，找了她，说滕木太郎回不来了，他倒在中国战场上，尸首全无。阿崎婆搂着年仅五岁的真由子，怔怔地望着那个人，眼里无泪，嘴里无语，像是她早就知道会有这么一天。可是，这一天终于来了。

阿崎婆现在什么都不想。这么多年都熬过来了，想那个与她共枕不到三个月的滕木太郎又有什么用呢？阿崎婆现在不到四十岁，腰身弯曲，皮肤粗糙得与旱地上的水蛙，阿崎婆现在最在乎的是她女儿真由子。

水俣村自从山田优子死了以后，全村人终日都变得恍恍惚惚。现在谈起山田优子来，人们仍就心有余悸。好端端的一个女孩，一天生出一个模样来：先是眼眶凹陷，然后眼珠慢慢爬出来，手脚一天天地枯萎，慢慢变成一个小矮人，最后全身痉挛，一不小心就死掉了。从此，水俣村像是闹了水邪。每天，家家户户所做的第一件事，就是：面对海的方向，祭拜海神。

阿崎婆还没来得及撒网，村口方向漂来一只小船，对着阿崎婆呼喊。阿崎婆回到家，真由子已经变了样：眼眶凹陷，四肢乏力……

这是山田优子的魂魄在真由子身上显灵了！

水俣村立刻变得诡秘莫测。人们在惊恐中，面对大海，面对那个一直不肯显山露水的死神。

这天，水俣村进来一位高鼻子、蓝眼睛的美国男人，他叫尤金·史密斯。尤金·史密斯在一位日本女孩的带领下，住进了水俣村。这让水俣村人感到了一丝生存安慰。尤金·史密斯终日漂泊在海上，他虽不是医生，但他几乎找遍了水俣村所有遭到水邪袭击过的人。

终于，不安分的尤金·史密斯找到了水邪的居住地——奇索化工厂。这是二战结束后日本经济从废墟走上复苏的一个支点。奇索化工厂向海里排放的滚滚污水中，含有大量的水银毒素，使得下游的水俣村越来越多的人被这水邪吞食着生命。尤金·史密斯的好事，召来了一帮经济复兴分子，他们将尤金·史密斯打得鼻青眼肿。

九死不悔、永不妥协的尤金·史密斯，在离开水俣村时，蓝眼睛也凹陷下去，他用凸翻出来的眼睛，为世人拍摄了水俣村一幕幕震撼人心的真实镜头。

1976 年，尤金·史密斯把自己在水俣村所拍摄的 175 幅照片出版成一本名叫《水俣》的画册，发行量达到 3 万册。

《水俣》不仅轰动了日本，更轰动了全世界。

《水俣》再一次掀起了日本民众对日本政府的仇视与不满：民族的器张不仅残害了异国人民，也残害了一代日本贫民，包括他们的子孙。

《水俣》让上个世纪 70 年代的日本政府伤透了脑筋。

发 烧

马原在恒达酒店门口，无意中看见了同事何少华。通常情况下，马原走路很少抬头，当时对面过来一个女的，满身香味地从马原身边走过，马原觉得那香味很好闻，就抬头往后看，但那女的已经过去了几米远，马原只觉得那女的身材不错，甩一头棕色长发。马原提了脖颈，想看清那女的面部，没有成功。当马原把目光收回时，他的视线就和恒达酒店门口的何少华连接上了。何少华笑眯眯地看着马原。马原镇了镇，说："少华，你在这干什么?"何少华用两个手指拧着鼻孔一个劲地呼鼻涕。何少华唯唯诺诺地说："快进来喝几杯，霍元彪也在这。"马原说："我吃过中饭了。"何少华又在用手呼鼻涕，他不是用餐巾纸擦，而用他的手背，来回抹了两下，就奔过来，一把捏着马原的手臂，使劲往酒店拉。马原边走边挣扎着，因为他明白：何少华这手很脏，他刚拧了几把鼻涕，也没用什么擦拭过。

二楼靠马路的包箱里，正坐着单位的苏总、办公室的蒲学海、人力资源部的吕宏伟、工会的李丽娜，霍元彪则坐在靠空调那个位置。霍元彪两只手臂交叉架在餐桌上，脑袋端端正正伏在上面，如果脑袋再往上挪一点，那姿势就和农药的剧毒标识没什么区别，只是农药标识用的是骨头，而霍元彪的姿势有血有肉。见何少华推着马原进来，苏总说："快来快来，今天这顿酒越喝越没气氛!"蒲学海说："马原，我一直打你手机，就是联系不上。"马原说："我手机停机了，才去交的电话费。"李丽娜站起身，拉开门叫来一位服务员，她要服务员马上拿一幅碗筷和一个酒杯进来。何少华给马原斟了满满一杯酒，说："先喝三杯吧。"马原说："怎么能这样呢? 这不是罚么?"苏总扯出含在嘴里的烟头，扬扬手，说：

"今天是霍元彪请客，他转科长了。"马原说："是吗？那我先敬彪哥，享受了三年科长待遇，一直没明确下来，现在终于明确了，是件喜事，值得庆贺！来，我敬彪哥一杯！"苏总用手拍了一下埋头在餐桌边的霍元彪。霍元彪抬起头，毫无力气。马原说："彪哥，你媳妇熬成婆了，我敬你一杯！"霍元彪转动着乏力的眼珠，说："我不能喝了，我全身发冷，头晕得很。"苏总说："你和我们不喝了，但马原这杯酒，你得喝。"霍元彪打了个寒战，抿了一小口，便倒头伏在桌子上，霍元彪轻声地说："你们喝吧，我今天确实不舒服，我先休息一会儿。"大家把霍元彪扶到包厢一角的沙发上，让他躺下。

有马原后期参与，气氛又热烈起来了。正当大家喝得汗流浃背时，李丽娜扬着手，悄悄对大家说："别出声，霍元彪在说梦话！"大家端着酒杯，侧耳细听。但见霍元彪闭着眼说："哼，我没在外面玩妹子！想把这顶帽戴到我头上，没门！狗日的张海，你在长沙玩妹子，还'啵'了一个……"大家被霍元彪的话惊呆了。马原放下酒杯，奔过去，喊霍元彪的名字。霍元彪没吱声。李丽娜用手摸了一下霍元彪的额头，电一般地抽了回来，她说："霍科长发高烧了，额头烫得像炭火！"几个人都用手在霍元彪额头上摸了摸，都认为霍元彪的确是在发高烧。这顿酒因此草草收场。霍元彪已经烧得不省人事，酒钱最后由马原主动买单。马原搀着霍元彪很快下了楼，拦了一辆的，并执意要送霍元彪去医院。苏总要蒲学海去帮帮马原。马原说："不用了，我一个人就行了。"蒲学海企图坐进车内。马原说："如果你一定要去，那么我就出来，实话告诉你，我一个人陪他去就可以了，何必这么麻烦呢？"大家都为马原的举止肃然起敬。马原不仅主动帮霍元彪买了单，还执意要求一个人把额头烧得通红的霍元彪护送去医院。车辆走出不到五米，马原叫停了车，他摇下车窗，伸出头，对酒店门口那帮同事说："我一个人照顾他，别告诉他老婆，免得他老婆担心。"大家都被马原的话感动得热血沸腾。马原真是个好同事！

蓝色的士载着喃喃自语的霍元彪和额头冒汗的马原，在街道上穿行。霍元彪躺在后排座位上，闭了眼说："哼——说我在外面玩妹子，有证据吗？——他妈的马原，你玩的那个长沙妹，我有照片……"霍元彪这么说，让身边的马原全身冒汗。司机边开车边朝后面看，司机说：“他这是怎么了?”马原说：“没什么，喝醉了，乱说的，乱说的。”车辆在等红绿灯的时候，马原拨通了张海的电话。马原说：“海哥，说话方便吗?”同事张海在电话那头说：“方便呀，什么事，神神秘秘的。”马原轻声说：“霍元彪说你在长沙玩妹子，他说他还有证据……”那头的张海立刻沉默了。霍元彪这么说，张海必须重视。三个月前，为了催一笔款，单位派张海、马原、霍元彪三人去过长沙。那次他霍元彪一人住单间，玩不玩妹子，不得而知，但他那次在长沙的确只住了半个小时旅馆，什么时候退房，什么时候离开旅馆，什么时候在酒吧喝酒，什么时候在网吧上网，他都用手机录了视频，还放给自己看过。至于他霍元彪现在说的话，其实也并没有错，只不过，他怎么会有我和马原玩妹子的证据呢？他妈妈的！张海在心里这么想。张海摸了摸有些升温的额头，冷静地对马原说：“你现在在哪?”马原说：“我现在正送他去中心医院，他额头烫得吓人，肯定是烧糊涂了。”张海说：“你先去吧，我马上就到，对了，你千万别告诉他老婆!”马原说：“这个我知道，不过，你过来时要买一副口罩。”张海说：“买口罩干什么?”马原说：“他还在不停地乱说，他说我们俩重阳节期间，住在长沙芙蓉路一家旅馆里，还说是211房，说我们玩那个了……”张海说：“你快摇醒他，他怎么能这样呢？我马上就到!”

马原扶着霍元彪下车时，张海已经赶到了中心医院大门口。张海走过来喊霍元彪的名字。霍元彪艰难地微开一只眼，然后又闭上。霍元彪有气无力地说：“他妈的马原，他妈的张海，怀疑我在外面搞妹子，哼，真毒！他们两个在长沙搞妹子，其实我都看到了，我有证据……”张海从口袋里掏出口罩，立刻给霍元彪戴上。尔后，吩咐马原去挂号。

来到急诊室，一位五十多岁的女医生翻开病历本说：“他怎么了?”马原说：“发高烧，额头烫得要命。”医生说：“怎么给他戴口罩呢？快取下来!”马原说：“不行的，他要说胡话，很难听的。”女医生有点不高兴，说：“那你还要不要我给他看病?”张海给马原使了个眼色，马原慢腾腾地取下了霍元彪的口罩。刚扒下口罩，霍元彪嚅

动了一下喉管，说："他妈的，怀疑我在外面玩妹子，真是笑话，你马原，你张海，才是真正的嫖客，你们在长沙玩妹子，我有证据……"女医生鼓起眼睛问："他在说谁？"张海说："不知道。"女医生说："那你们和他是什么关系？"张海说："我们是他的亲人。"女医生一边翻看霍元彪的眼皮一边说："马原是谁？张海又是谁？"马原抢着解释说："他嘴里说的这两个人，我们都不认识，可能是他同事，要不，就是他同学。"女医生甩着体温表继续问："他什么时候说胡话的？"马原说："一个半小时前，他就胡言乱语了。"正解释时，霍元彪又说话了，他说："妈妈的马原，妈妈的张海，你们住一个房间，把妹子都叫进房了，你以为我没看见，那妹子还和他妈的张海'啵'了一下……"张海心里十分惊慌，他要马原给霍元彪重新戴上口罩。女医生说："干什么？"马原说："他说话很难听，我给他戴上。"女医生抽出体温表看了看，惊讶地说："42 度 5，已经烧得不省人事了，你还给他戴这个，你想要他的命是吗？赶快去住院！"张海紧张地说："医生，他没事吧？"女医生说："先把体温降下来，时间长了，会烧坏大脑的。"马原说："体温降下来以后，他还说不说胡话？"女医生说："按道理，是不会说的，现在就担心他把大脑烧坏。"张海一把背起霍元彪，喊着马原的名字说："马原，你快去落实床位！"女医生恍然大惊，说："他就是马原呀？"马原也被吓了一跳，吞吞吐吐地说："我叫莫远，'莫须有'的'莫'，前途远大的'远'，我不叫马原，我不叫马原。"

输了三瓶点滴后，霍元彪明显地清醒许多，体温降下来了，胡话也不说了。吃晚饭的时候，霍元彪睁开眼睛说："我怎么在这？"马原说："彪哥，你可把我们吓死了，你一直在发高烧，烧到 42 度 5，还不停地说胡话。"霍元彪静静地呼吸着，尔后又问："我说什么了？"张海说："你没说什么，都是一些听不懂的话，一派胡言。"

霍元彪咧着干巴巴的嘴唇笑了。

张海从厕所出来后，把病房里的马原叫了出去。张海拉着马原来到走廊一角，轻声说："现在好了，体温降下来了，要不，我们两个就麻烦了。"马原拍着胸脯说："是的，烧成那样子了，还说得有板有

眼，他妈妈的！”张海说：“现在应该没事了，他清醒时，绝对不会乱说的，怕就怕他发高烧。咱们俩以后要密切关注他的身体状况，特别是发烧。等过了一两年，把这事给淡忘了，咱们就不怕了。还有就是，要尽快打听他到底掌握我俩什么证据。”马原说：“好的！”

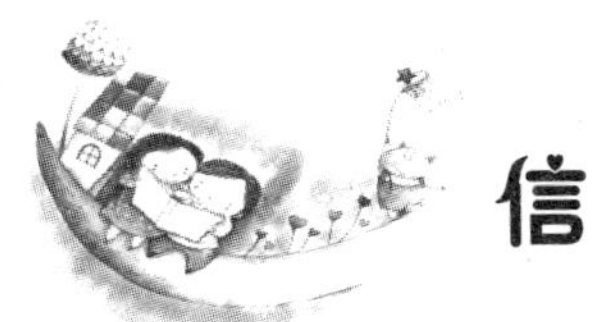

信

他和华同在一个科室。因为五个人的科室就只他和华两个兵，所以他俩就很要好，像亲兄弟般。华比他小一岁，他就称华为华老弟。之所以称老弟，因为他俩确实不小了，华28，他29。

在这个科室就只他和华文凭高，他高中毕业，华本科毕业。因此，日常工作中唯一能体现知识渊博的就只有看报。科室订阅的党报和《参考消息》，他和华争着看。时间一久，他俩就自个儿上收发室去取。这天，华外出办事了，上收发室取报纸的事就非他莫属。

报纸里面夹了几封信。在这个科室，他虽然没有爬上去的希望，但拆拆每天寄给他科里的公信还是可以的。他想。妈那个把子，又是温州寄来的铜章广告？他双手将这封信拧成一个球，往废纸篓里甩去。哼！骗人！他将本地一家百货大楼寄来的“高档皮衣优惠购买券”连同信封又拧成一个球，往废纸篓里甩。一件皮衣5880，顶科室人三个月的工资，谁买得起！他一点不为这家百货大楼所谓的“优惠券”所诱惑。

我日他娘！他把第三封关于低价销售妇女丰乳器的广告连同信封撕得粉碎。简直在嘲笑我，老婆都没着落，还买你个球！

他匆匆撕开第四封信也就是报纸里面的最后一封信。

当他看了这封信时，他才意识到自己已经犯了错误：收信人不是他的经管科，也不是他郭全海，而是华。写信的人他当然熟悉，就是他近来梦来梦去的梅。梅是华的朋友，他是通过华认识梅的，虽然只见过两次面，但他却忘不掉：鸭蛋似的脸，藕节似的臂，山峦似的胸，锅底似的臀……

这信没透露出很肉麻的内容，只是说要华上她那去趟。狗日的华可

能和她拉上了！梅的这封信给了他很多思索。就这么将信交给华？不！那单位不就我郭全海一个老光棍么？何况私拆他人之信是犯法的……这封信使他为难了几天。他使出了不得已的一招：烧。他想这样也许会更好。

半年过去了。他遇见梅。梅在他面前依然是那般红脸。

梅说："华怎么这么久没来呢？是不是又和小芳好上了。"

他说："你真好，还这般恋着华。"

梅笑得很苦，说："傻瓜，我和华同窗十几年了，如果我们有恋情，早就结婚了。"

"原来是这样！华没来，我不是来了么？"他壮了胆子说。

"可是已经晚了，几个月前，我写信要华来一趟，目的是想更清楚地了解你。"梅低了头，说。

"了解我？"他的身子顿如球泄气般。

直肠癌

老爹不老。在枫木山，比老爹老的还有卷娃太太和崩子狗。可是，老爹自从挨了那一刀后，就完全老了。原先饱满的脸庞，如今像刀削一般；眼眶也异常可怕地陷了进去，眼珠子突得老高，像个山顶洞人。

枫木山就那么个小村子，十几户人家零零星星坐落在山腰上。掐着指头算一算，呆在村子里的不到十人。若不是这场病，老爹也不会整天蜷在家里。

老爹是个唢呐手，“呜哩哇呜哩哇”地吹上一阵，很能鼓舞人，又很能让人落泪。方圆几十里，哪家出了丧事，准会把他请过去。枫木山人把老爹这种活叫“行香火”。去年花开时节，老爹在王屋村行香火时，突然感到肚子出奇地胀，上了无数次茅坑，就是拉不出东西来。开头还以为是吃豆腐（丧饭）坏了肚子，回来数天后，都是这样，而且越来越胀，越来越难受。在茅坑里蹲上个把小时，只能排出一点点血水。没办法，上城里医院检查，才知道这病百般地伤人：晚期肠癌。

老爹在医院呆了十来天，就吵着要出院。回到枫木山，四处访信，办弄草药。各种方子都吃了，时好时坏。感觉好的时候，老爹照样背着他的唢呐去邻村行香火。这是老爹在乡下挣副业的独门手艺。自打老婶去世后，老爹就一直没娶。等把一对儿女拉扯大了，他又没了娶的心思。许多热心媒人给他说事，他总是眯着荷包眼笑。说多了，他就回一句：“都做爷爷了，还玩那个快活！”老爹把再婚说成是玩快活。媒人若要再说，他就把锁呐从墙板上取下来，“呜哩哇呜哩哇”地一阵猛吹，吹得说事人摇头而去。

要命的病再次将老爹逼进医院，那是半年后的事。万般无奈地在医院里挨了一刀，割去大节肠子。医生要老爹做化疗。老爹死活不肯。老爹说做鬼也要做个有头发的鬼，不想让自己变得和尚不像和尚，道士不像道士。再次回到枫木山，老爹仍给自己整药吃，漫山遍野挖树根，寻野草，拿回家，洗干净，熬水喝。自我感觉良好。还多次出现在乡间丧事的道场上，鼓着腮帮子，“呜哩哇呜哩哇”地吹得荡气回肠。以至于邻村一些死马当着活马医的癌症患者，主动找上门，向老爹讨方子。

但是，老爹的土方子，终究没能让他继续活跃在乡间道场上。这天，有人请他出门行香火。他刚出门，就觉得体力不支。老爹以没带唢呐哨子为由，谢绝了那趟活计。回到家，老爹瘫倒在床头，豆大的汗滴从额头渗出来。村里的崩子狗和卷娃太太来串门，见他这副模样，吓得全身打颤。两个人唠唠叨叨要通知老爹那个在城里拉板车的儿子。老爹坚决不许。两个乡下老人依照老爹的吩咐，帮着熬土药。喝下去几大碗，感觉似乎又好些。为了不让两个孤独的同伴察觉到自己的不适，老爹强打着精神，吹起了欢快的唢呐，曲子是乡下人最爱听的《我在山上打一望》。崩子狗和卷娃太太听了，都说好，都说这是他老爹吹唢呐以来吹得最好听的一回。

枫木山的夜，死一般地静。老爹擦了把汗，仿佛又觉得自己好了许多。环视山村，零零星星的灯光，忽闪忽闪，像鬼火。要是往常，这样的山村是相当热闹的，可以听到有人深更半夜里骂人，可以闻到有人黑灯瞎火在炒菜，远远地，可以听到锅子里热油吃菜的声音，“呲——”，然后就是“咣当咣当”的锅铲声。可是，那样的乡村生活已经成了过去，再也唤不回了。现在，只要手脚稍微麻利的人，都进了城。拖板车的，倒小菜的，卖水果的，搞搬运的，擦皮鞋的，给人洗脚的，打流的，样样都有。好像进了城，都像进了天堂，都活得有滋有味，都觉得早该离开这个爬得满头大汗的枫木山。鬼崽子们也少了，不管读书的不读书的，都跟着他们的娘老子离开了枫木山。乡间一旦没了那帮鬼崽子，就没了生气，即使那帮鬼崽子在乡下闹一闹，哭一哭，也是让人欣慰的事。回来的人，似乎一年比一年少。即便是过年，有的人也只是象征性地住上一两晚，然后一窝蜂地出去了；有的人干脆就不回来，连祭祖这样的大事，也都委托别人走走过场……老爹依依不舍地环视了一番枫木山的夜

景，依旧是黑灯瞎火，仿佛比先前黑了许多。夜空里传来了空旷的狗叫声。一定是有人在哪家门前走过。

老爹再次来到茅坑。他艰难地往外排泄。他多么希望有那么一节指头大的粪便从自己的体内排出来。他几乎用尽了全部力气，希望看到自己渴望看到的那一幕。可是，他依旧徒劳无功。肚子胀得要命。老爹隐隐觉得，是自己该行动的时候了。而且，越快越好。

第二天，老爹使出全身力气，爬上了去集镇赶集的小三轮。老爹坐在三轮车上默默地估算着自己死的那一天，该有多少人来吃丧饭。他已经数过家里的碗筷，数目还差得远。他今天赶这个集，就是要备齐吃丧饭所需的全部碗筷。乡下人吃丧饭，是绝对不能借别人家的碗筷的。

趁自己还能走动，该去看一看离开他十五年的老伴了。蹲了半个多小时的茅坑，老爹就背上那把心爱的锁呐，拄了拐棍，爬到那个山坳上。老爹刚坐在老伴坟头，一阵凉风吹过，把坟上的杂草吹得哗哗响。仿佛是老伴等候着他的到来。老爹对那个坟头说："今天我来看你了，想跟你说说我们的儿女。他们都成家了，都有自己的娃儿了。儿子在城里拉板车，每天都能碰上一点生意，要是运气好的话，一个月下来，还能挣两千多块。女儿在城里一家洗脚房上班，虽是给人家洗脚，但她也是靠自己的劳动挣钱，不像有些乡下女孩子，一进城，就乱来，真把乡下人的脸丢尽了。"老爹扯了一把坟头草说，"不知道你在那边还好么，也一年多没给我托梦了，肯定过得不怎么样吧？我想，这个月我可能会过来了，你最好也给我托一个梦，告诉我到什么地方找你。"老爹用刀子在老伴坟上割倒一大片杂草，然后坐下来，对着坟堂吹起了那支《我在山上打一望》。欢快的唢呐声，飘荡在山间。听者心情舒畅，吹者却泪流满面。

老爹下山的时候，村里的卷娃太太在屋门口说："清毛呀，好些没有？"老爹说："好多了。"卷娃太太兴奋地说："过来打牌么？这里还有崩子狗呢。"老爹说："过两天吧。"两个孤单的老人都很高兴，卷娃太太说："过两天我们下来喊你，好么？"老爹用尽气力说："好的，好的。"

第二天，卷娃太太和崩子狗想下去叫老爹打牌，但他们却看见老爹扛了锄头在山道上挖。卷娃太太说："清毛呀，你在挖什么？"老爹说："这路不好走，我修一修。"卷娃太太本想叫老爹打牌，话刚到嘴边，又

咽了回去。一连几天，老爹都扛着锄头在山道里修路，有的地方还砌了石块，有的地方则系了绳索。一心想打牌的卷娃太太看到这情形，十分惊讶地说："清毛，你这是干什么？"老爹模模糊糊地说："修一下，好走一点。"崩子狗替卷娃太太说："还有多久？不打牌了吗？"老爹说："今天再弄一天，就差不多了。"

这天上午，崩子狗拖着卷娃太太的手，早早来到老爹家。两人还没跨进老爹家门，就朝屋里喊："清毛，清毛呀！"没有老爹的声音。又使劲喊。微微听见老爹的应声。两个人顺着声音，终于在茅坑旁边的棺材里发现了老爹。他们两个大吃一惊，说："清毛，你这是干什么？"老爹从棺材里坐了起来，笑着说："睡一会儿。"卷娃太太神情紧张地说："怎么睡到这里来了？你不是好了么？"老爹说："我想试试这千年屋好不好住。"崩子狗说："你不打牌了？"老爹说："打，我说了要陪你们打的。"

两个人于是扶着老爹出了棺木，来到中堂。崩子狗从裤袋里摸出跑和牌，说："打好大的？"老爹惨着脸说："随便你俩。"卷娃太太似乎看到了老爹额头上的汗滴，他说："你出汗了，你没事吧？"老爹说："没事的，刚在里面睡了一会，有点热。"

抓了几张牌，老爹说："你们两个来得正好，我有事要对你们说。"崩子狗鼓着眼珠说："什么事？抓牌呀！"老爹满头大汗地说："如果我哪天不行了，我就吹唢呐，你们一听到我吹唢呐，就赶紧帮我打电话通知我家福贵和金花。"崩子狗说："好的，你抓牌吧，你今天不会有事吧？"老爹抓了几张牌，又说："我已经把办丧事的碗筷都买好了，就放在床底下，一共48个碗，52双筷子，我屋里还有12个碗，8双筷子，可以够60个人用，抬丧的算24人，两班倒，还有36人算是吃豆腐的，足够了。"卷娃太太眼睁睁地望着老爹，说："清毛，你没事吧？"老爹用衣袖抹了一把汗，说："没事。"然后又去抓牌。刚抓上几张，又说，"我死后，就埋在八坡垅，和我那个死鬼在一起。"崩子狗顺着老爹的目光，把头侧了一下，什么也没看见。崩子狗说："你还打不打牌？"老爹微笑着说，"打，怎么不打呢？"于是又去抓牌。抓上一张后，又说："考虑到从这里到八坡垅的路不是很好走，我特地把路修整了一下，路面窄的地方，被我挖开了，而且垫了石块，坡陡的地方，我在两边都系了绳索，抬丧

的人可以抓着绳索往上移。对了，请你们两个一定要帮我提醒那帮抬丧人，千万不要在路上玩热闹，我家福贵个子小，又没多少积蓄，折腾不起这种游戏。”卷娃太太说：“清毛，你现在不是好好的，干吗总想到死呢?”老爹又抓了一张牌，抬头平视着对面的山头，放慢节奏说，“假如我真的去了，我什么都不要，我只想要一个好茅厕，像城里那种坐着屙的……”卷娃太太甩了牌，用手在老爹额头上一阵摸索，说，清毛，你还挺得过去吗?老爹两眼死死盯着对面的山头，不说话。很久，只听见老爹用微弱的声音呼唤着：“福——贵、金——花——”

卷娃太太扯掉老爹手里的牌，和崩子狗一起，艰难地将老爹移到床上。老爹不能说话了。两滴眼泪从眼角渗出来。卷娃太太喊了几声“清毛”，老爹睁着眼没一丝回应。卷娃太太用手去抹老爹那两滴眼泪，发现老爹两眼干睁着，眼皮子合不下来。卷娃太太转过身，对崩子狗说：“不好了，清毛他已经去了，你赶紧下去打电话，要他儿女回来!”

崩子狗丢下牌，飞快似地朝山下跑。

瘾症

马国庆进屋时，桌上的饭菜已准备好了。马国庆老婆说：“都在等你吃晚饭呢，你还在那里磨磨蹭蹭。”马国庆的爹、那个跟随马国庆在城里生活了五年的乡下老头已经端着碗准备用餐了。马国庆站在餐厅门口自个儿笑。马国庆老婆说：“你在笑什么？神经兮兮的，你到底吃不吃？”马国庆没有作正面回答。马国庆顺手从裤袋里摸出钱包，掏出十张红红的百元大钞，一边数，一边笑。马国庆老婆说：“你今天是怎么了？”马国庆笑嘻嘻地说：“刚才在街上碰到罗振华，上次我给他修改职称论文，他给了我一千块润笔费。”老头子清楚地看到他的儿子马国庆在餐桌旁边慢悠悠地数那一千元大钞。每一张百元钞就像电视里的健美运动员一样，一个个翻着身子弹了过去，声音是那么地悦耳。老头子一边欣赏那红艳艳的钞票，一边捧着碗吃饭。老头子也不夹菜，只是大口大口地嚼着白米饭。老头子吃饭的速度出奇地快。没等马国庆坐下来，老头子已经放了碗。

老头子在门口穿鞋子，准备出去。马国庆老婆说：“爹，你要去哪？”老头子简简单单地应了一声，出去了。马国庆说：“爹是怎么了？你和他闹了意见？”马国庆老婆说：“我和他闹什么意见呀，刚才还好好的，朋朋吃饭的时候，我要他先吃，他说等你回来。”马国庆说：“那他为什么不吃菜呢？”马国庆老婆有点生气地说：“你问我，我问谁呀？”马国庆老婆气呼呼地端着碗，来到儿子朋朋房间。马国庆老婆说：“朋朋，你是不是和爷爷闹了嘴？”正在做作业的朋朋侧过身，说：“没有呀，我吃饭的时候，爷爷还问我考了多少分呢。我告诉他数学考了一百分，他呵呵大笑呢！我怎么和他闹嘴呢？”马国庆夫妇都搞不清楚，爹今晚到底怎么

了？反正他吃了一碗白饭，筷子没到菜碗里动过。

半个小时后，马国庆夫妇还在纳闷这事，同事罗振华打来电话说：“国庆吗，你爹吃了晚饭没有？”马国庆说：“吃了。”罗振华说：“刚才他跑到我们院子里来了，他问我毛局长住在哪。我问他这么晚了找毛局长有什么事。他就是不说。这到底怎么回事？”马国庆也不知道这是怎么回事。没多久，马国庆急匆匆赶到单位大院。借着昏暗的灯光，马国庆就看到了父亲正在问他的同事伍正昆。马国庆大老远就喊：“爹——”这时，伍正昆看到了马国庆，说：“国庆，他是你爹？他一直缠着我，问我毛局长住在哪。我不知道他是你爹，因此就没告诉他。我不知道他这么晚了找毛局长干什么。现在你来了就好了。”伍正昆说了几句不痛不痒的话，借故走开了。马国庆拖着老头子的手说：“爹，这么晚了，你来这里干什么？”老头子说：“我去找你们那个毛局长。”马国庆说：“你找他干什么？”老头子说：“要钱。”马国庆吓了一身冷汗，急忙拖着老头子出了大院。一路上，老头子还是口口声声说要去找毛局长。马国庆说：“你找他要什么钱？那里面都是我的同事，他们知道了，很不好。”老头子说：“我才不怕呢！去年他收了你一万块钱，事情一直没给你办，哪有这样的道理呢？”马国庆小心翼翼地说：“爹，不要说了，那一万块钱就算了吧。”老头子惊讶地说：“算了？你说得可轻松！一万块钱等于我在乡下种四年地。既然帮不上忙，就应该退人家，打过八折，也是应该的。收了人家的钱，又不使劲，还不想退，这与抢又有什么区别呢？”马国庆使出浑身解数，才把老头子哄回了家。

回到家，马国庆跟老婆说起这事，老婆也吓得出了一身冷汗。老婆说：“这怎么得了！如果他明天又去找毛局长要钱，那你以后怎么在那个单位呆啊？”第二天早晨，马国庆夫妇很随和地跟老头子说起那一万块钱的事。想不到老头子思想有了一百八十度的大转弯，他表现得异常轻松，他说：“管我什么事，我操那个心干什么。”在接下来的半个多月时间里，马国庆夫妇还是十分留意老头子的动向，他们生怕老头子又去找毛局长要钱。他们一次次地目视着老头子用完餐，背着手，像往常那样，坐在楼对面的小溪边看人钓鱼，或者在菜地里抓虫子，才慢慢放松了警惕。

老头子生日那天，马国庆的妹妹来城里给他祝寿。吃完饭，马国庆的妹妹从口袋里掏出一叠红艳艳的百元大钞，在一边数。老头子看得眼珠子忘了转动，以至于女儿将贺寿的礼金放进他衣袋里时，他一点拒绝的表示都没有。对此，女儿大为震惊。要是以往，女儿给他拾元钱，他都会推来推去，抢过半天的。老头子默默地收了礼金，在房里走了一个来回，就不声不响地下楼去了。朋朋吵着要吃生日蛋糕时，大家才发现老头子不在家。拉开窗户朝外面喊，没有老头子的回应。一家人下楼到处找，还是不见老头子的影子。朋朋沿着楼下那条小马路一路喊过去，没有任何反应。正当马国庆一家急得团团转时，单位传达室打来了电话，说是有个老头子要找毛局长，而且那老头说是马国庆的爹。

马国庆打的奔了过去。老头子正在传达室与值班的那个小伙子磨蹭着。小伙子见到马国庆，就说："马科长，你来得正好，他是不是你爹？他一定要我告诉他毛局长住在哪，我问他找毛局长干什么，他就是不肯说。"马国庆走进去，拉着老头子的手，企图离开传达室。老头子说："你拉我干什么？"马国庆说："爹，你来干什么？"老头子说："我找你们毛局长。"马国庆说："毛局长不住这里。"老头子说："他搬家了？那你告诉我他住哪。"马国庆说："你跟我来吧，他住在外面。"小伙子想告诉马国庆毛局长就住在里面，被马国庆用眼神给堵了回去。马国庆拉着老头子的手，飞快地离开了传达室。

一家人为老头子的行为担惊受怕。

第二天，马国庆夫妇带着老头子去了市第一人民医院。医生问老头哪里不舒服，老头表现得一脸茫然。老头子说："我没有什么不舒服呀。他们带我来这里，我也不知道他们要干什么。我真的没有病，昨天晚上我还吃了两碗饭，喝了几杯酒呢！"马国庆招着手，将那位医生叫了出去。他们来到隔壁房间里，医生说："你要我到底干什么？是给他看病呢，还是给你看病？"马国庆说："当然是给我爹看病！他说他没有病，可我担心他精神有点问题。"医生说："你怎么能够这样说你爹呢？依我看，他好像没有什么大病。"马国庆说："他一个目不识丁的农民，两次跑到我们单位要找局长。"医生说："这又怎么了？"马国庆说："其实他们根本就不认识。"医生说："那他找你们局长干什么？"马国庆有点犹豫了。医生看出了一些端倪，就说："没关系的，你说吧，我也是为你爹

好。”马国庆说：“他找我们局长要钱。”医生说：“啊？他要什么钱？”马国庆窝着手掌，在医生耳根边轻轻地说：“去年我给我们局长送了一万块钱，求他帮忙。”医生说：“帮上了吗？”马国庆说：“就是没帮上，一万块钱打水漂了。”医生说：“你送钱的事，你爹知道吗？”马国庆说：“当然知道！要不，他怎么好意思去找我们局长要钱呢？”医生说：“他是天天去找你们局长呢，还是偶然想去找？”马国庆说：“偶然。具体说，有过两次，态度非常明确，行动非常果断，不声不响地就去找了，跟他说了，他好像什么人都不怕。”医生说：“那你把他两次找局长要钱的经过，详细跟我说说。”马国庆就一五一十地说了。医生说：“看来，他真有点问题。”马国庆表现得一脸无助。医生刚出了房间，又返过身来，他问马国庆：“你身上带了多少钱？”马国庆说：“两千多块。”医生说：“都是大票子吗？”马国庆说：“是的，怎么了？”医生说：“你到时当着你爹的面，慢慢数一遍。”马国庆说：“这又怎么了？”医生说：“你配合我就是了。”

医生重新坐到座位上。他问老头子：“老人家，您今年多大了？”老头子说：“七十三了。”医生问老头子平时是不是觉得胸闷。老头子摇了摇头。医生趁机向马国庆使了下眼色。马国庆握着一扎红艳艳的百元大钞吧嗒吧嗒地数。老头不回答了。老头望着那一扎跳动不已的钞票入了神。慢慢地，老头站了起来，他一声不响地走出门诊室。医生追上去，说：“老人家，你要去哪？”老头子说：“你知道毛局长住在哪？”医生说：“你找毛局长干什么？”老头子瞟了他一眼，继续往外走。老头子拦住一位护士说：“姑娘，你知道毛局长住在哪里？”护士被这位老头问得云里雾里。马国庆跑过去，搂着老头子说：“爹，你又去找毛局长干什么？”老头说：“要钱！”老头自言自语地说：“收了人家的钱，又不帮忙，而且不是个小数目，太不像话了！”

医生摇着头，叹了口气。他初步断定，老头患的可能是癔症，而且比较严重。

咳嗽

我翻山越岭来到石羊硝，太阳已躲进了云层。山脚下还感觉到太阳的亮堂，到了山顶，就完全变了样。整个村庄灰蒙蒙地散落在几个山头上，到处是雾蒙蒙的一片。不过，我已经闻到了稻米的香味，还有油锅子吃菜的哧哧声。

一个戴皮帽的老人双手交叉着伸在袖筒里，站在水井后面那棵高大的柏树下，见我和肖干事走过去，窠、窠、窠地咳嗽起来。肖干事有了发觉，对那老人说："庚发村长，得信了么?"那个叫庚发的村长企鹅一般走下来，边走边说："信昨天就得了呢。"老村长在田埂头草丛里拉出一根木棍，立在那边候着我们。乡政府的肖干事大老远就把我介绍给那位村长，他说："庚发村长，这是报社的马记者。"老村长将手里的木棍夹在腿中，伸了双手，预备着与我握手。我们热情地握了握手。老村长说："先到我屋里去吧。"

老村长拿着木棍，走在前面，他把我们带进了另一条杂草丛生的小路。老村长不时地用木棍打道路两边的杂草。老村长似乎看出了我的好奇，他说："早晨露水还没干，打一打，就不会湿脚了。"我和肖干事会心地笑了。

雾愈加浓了。四周望去，全是铅灰色。

好像有人在不远处咳嗽。老村长说："丁大娃，你去哪?"有人在附近回答说："去狗斗坡打一下望，看那几个柚子熟了没有。"我扭转脖子四处看，灰蒙蒙的，看不见人。我问老村长在跟谁说话。老村长说："村里的人。"我说："那人在哪?我怎么没看见。"老村长说："就在附近。"没多久，那个叫丁大娃的人终于从云雾里现出身来，他正从我们行走的

道路上方走过去，样子看得不很分明。我说："村长，你怎么知道是丁大娃呢?"老村长笑着说："刚才他咳嗽了两下，我就知道是他的声音。"

走了没多远，老村长干咳了两声，有人就在雾蒙蒙的那边跟他说话，那人说："庚发爷，从哪里回来呀？"老村长说："接市里来的记者同志。"那人又说："现在就来了？真是早。"老村长没把话接下去，自个儿捶捶打打地在前面领路。突然，一声空旷的狗叫声袭来，异常洪亮，也很有震慑力。老村长大声咳了两下，骂道："叫死呀!"一条摇头摆尾的大黄狗冲过来，我立刻收住了脚步。老村长说："没事的，它不会咬你了。说完，"老村长快节奏地咳了三声。大黄狗真的没那么凶了，它在我的裤脚边闻了闻，尾巴摇得很勤快。

爬了十几个青石板台阶，再往左拐，就到了老村长的屋坪。老村长双脚还没跨进屋，就重重咳了几声。屋里好像没人。老村长在堂屋里跺了跺脚，一群大小不一的鸡被赶了出来，有几只还扇着翅膀从我头上飞过去，满屋子都是"果大果，果大果果"的鸡叫声。老村长给我和肖干事搬来一张凳，又去了屋当头，只听见他深沉地干咳了几声，屋子里仍旧静静的。老村长走到青石板台阶上，对着那边大声咳嗽。马上就有人作了回应。只听一个女人说道："来了，来了。"半支烟功夫，屋下边就爬上来一位缠着发髻、手提竹蓝的老婶婶，她笑盈盈地对我和肖干事说："走累了吧。"我们不约而同地说："不累，不累呢。"

太阳刺破了一丝云层，把它的光芒投射下来，天空也为之亮了许多。云雾渐渐消退。对面山头的小路已经暴露无遗。山头上正走下来一个扛木头的妇女，那妇女快步走了一阵，她将那根长长的木头搁在路边，然后不停地用衣角擦汗。擦完汗，那妇女就站在木头边大声咳嗽。我对肖干事说："你看，那妇女真行，感冒了，还能扛那么大的木头。"肖干事说："不会吧，感冒了还能扛木头?"正说着，那妇女又对着我们这边大声咳起来。那边还没咳完，老村长屋边的青石板上就匆匆走下去一个中年男人，步子迈得很重。我们看见这个中年男人很快就走到了对面山头的小路上，他蹲下身，将那根木头扛在肩上，朝这边走来，那个妇女跟在男子后面，不停地用衣角扇风。我对肖干事说："他们应该是俩口子。"

老村长手里拿着两包烟，从屋边青石板路爬过来。肖干事说："庚发

村长，你就别客气了，我们自己有烟呢。”老村长说：“嫌我这是低档货?”肖干事连连说：“不是，不是呢。”老村长把烟塞在我们手里，然后对着屋里咳嗽。屋里的老婶婶也咳了几声。老村长说：“饭已经熟了，可以进屋吃了。”进屋的时候，我听见附近的屋子里也有人在大声咳嗽。我轻声对肖干事说：“这村子怎么这么多人感冒?”肖干事说：“不知道，不过，好像又不是感冒。”

走进里屋，一桌子菜备好了，还摆了一瓶酒。我说：“不喝酒吧。”老村长说：“你们到石羊硝来，不喝点酒，也说不过去的。”肖干事笑眯眯地点了点头。桌上少了一个酒杯。老村长大声干咳了一声。老婶婶立刻就明白了，她马上从厨房里拿来一个酒杯。老村长把我的酒杯斟到快八分满时，我紧紧抓住瓶口，表示不能再斟了。我说：“我酒量只有这么大，老村长你也随意吧，看你好像感冒了，意思一下就行了。”老婶婶端着饭碗在一旁笑。老村长说：“我没感冒呢，你放心好了。”我觉得老村长可能误会了我的意思，我没嫌他的感冒传染我，于是急忙解释说：“老村长，我是说，咱们喝酒都随意，能喝多少，喝多少。”老村长说：“好的，不过，饭一定要吃饱，没什么好菜。”我说：“好的，好的。”

好像又有人在外面某个地方咳嗽。

当我快喝完那八分酒时，老村长抓起酒瓶，又要给我斟。我急忙把酒杯藏在怀里。我说：“老村长，我真的不能喝了，我平时就很少端杯的。”肖干事用眼睛与老村长交流，像是在为我打圆场。老村长重重地干咳了两声，我的空碗立马就被老婶婶给捧了过去，片刻，老婶婶为我盛来满满一碗米饭。我刚夹了一小筷莴笋叶，老村长又咳了两下，老婶婶立刻拿来一双公用筷，交给老村长。老村长用那双公用筷在鸡肉碗里使劲夹，他给我夹来了一只鸡腿。我受宠若惊。我想把那只鸡腿退回去。老村长又咳了一声。老婶婶已经拿着炒菜用的铲子过来了，她用铲子牢牢封住我的碗口。我手里的筷子就好像狮子嘴里被咬到的一个鹿，挣扎了几下，就没法动弹了。我说：“老村长，老婶婶，我吃，我吃就是。”他们俩见我这般表态，才各自松了手里的家伙，开心地对我微笑。

屋外有小孩的咳嗽声。马上又听到女人的骂声：你这个死鬼仔，不晓得回来吃饭，我还以为你成仙了呢!

我吃了两大碗饭，表示不能再吃了，而且把碗藏在怀里，老村长这才咳了两声，老婶婶这才松开她那双强有力的手。我把空碗小心翼翼放在我身后的灶头上。老村长咳了一声，老婶婶马上放下碗，为我倒来一杯茶。老婶婶边给我递茶边咳嗽，老村长这边就开始掏烟了，并拨出了打火机里的火苗，一定要为我把烟点上。

老村长最后一个放碗。他咳了一声，老婶婶就动手收拾起餐桌。老村长领我们走出堂屋。此时，外面的太阳完全露了脸。整个山村像镀了一层金。

我把采访的目的说了一遍。我说："想不到这山弯里，竟出了三个有名歌手，我是来探源的。"老村长说："你想了解什么，我尽量配合你。"我说："那我们就先到金喜鹊家走一趟吧。"老村长说："好的，我昨天已经通知了她父母，说记者同志今天会来，他们肯定在家。"

市青年歌手金喜鹊的家就在山坳坳里。我们进屋时，金喜鹊的母亲正在喂猪。老村长咳了一声，她就出来了。老村长说："金毛几呢?"金喜鹊的母亲说："他刚才还在，应该就在附近的山里。"金喜鹊的母亲站在屋前的土坪边，对着屋后的山林大声咳嗽。山林里也回应出男人的几声咳嗽。老村长听了，说："是金毛几，他在山里。"老村长也咳了几声，坐下来对我们说："他马上会到的。"

我愈加奇怪了。我说：老村长，你是不是真的感冒了？老村长说：我没有呢。我说：那你好像不停地在咳嗽。老村长先是惊讶，尔后笑了，他也不解释，只顾向我们递烟。我也不好继续究问。

路那边好像又有人在咳嗽。没多久，金喜鹊的父亲金毛几来了，他看起来要比村长老得多，腰也驼了，屁股上背着一把弯弯的柴刀。金喜鹊的父亲将手中的干柴往屋边一放，眯着眼走过来。他刚坐下，就一连干咳好几声，金喜鹊的母亲赶忙起身，走进房，为我们提来半篮子柑橘。我向他们说明来意，掏出笔，准备记录，并问了许多关于金喜鹊的事情，包括她的童年往事，凡是与音乐挂得上边的事情，我都丝毫没放过。金喜鹊的父母相互补充，一一作答。但是，从他们反馈的情况来看，没什么能让我特别感兴趣的素材。

老村长干咳着又帮我们找到了歌手吴珍珍和曾红军的家，他们的父

母除了咳嗽着提醒对方不停地为我们献出山村难得的好吃以外，几乎都没说出他们的孩子童年有什么特别的音乐天赋。可是，金喜鹊、吴珍珍、曾红军三个人，的的确确又是我市有名的青年歌手，而且正在走红。三位年轻的歌手都来自于这海拔1800多米的高山之巅，我把目光锁定在水的方面。然而，这里却是穷山出恶水，村里的饮用水十分匮乏，我想，黄泥土里舀出来浑浊之水，是难以滋养出甜美的歌喉。

这个山村唯一让我感到特别的是，处处可闻咳嗽声。村里人的咳嗽好像是本能的，自发的，是那种完全脱离于感冒症状的咳嗽。他们已经把咳嗽当成了语言交流，至少，目前我是这么认为。从丁大娃的咳嗽和妇女扛木头的咳嗽，到老村长家的咳嗽，再到金喜鹊、吴珍珍、曾红军家的咳嗽，种种迹象表明，咳嗽是这个高山之村特有的习俗。我无法忘记，歌手曾红军的母亲在召唤他父亲时，舌头伸出了三分之二，咳得是那么激烈，而他父亲呢，在传唤他母亲时，脖根子都咳得突出来了。更让我惊讶的是，歌手曾红军的父亲竟然不知道他老婆姓啥名谁，他说他真的不知道她叫什么，平时呼唤她时，只需咳嗽几下就可行了。

歌手的故乡，除了大人习惯于咳嗽，小孩也不例外。孩子们从小就学会了用咳嗽与人们交流。我只能朝这个方向，去构思我这篇采访了。也就是说：咳嗽，有利于培养优质声带；咳嗽，是歌手成长的基本功。

健忘症

妇女节那天，关副市长照例来到市妇联。关副市长一进门，就握住刚刚站起身的女工委员刘妙珍的手说："小马，你辛苦了。"

刘妙珍愣了一下。

妇联主任悄悄走过去解释说："她是小刘，叫刘妙珍，连续三届全国先进妇女工作者。"

关副市长笑着说："对了，对了，是小刘，我还以为是留芳宾馆的马倩小姐呢。"

劳动节那天，关副市长照例来到全国劳模何长胜的家里。关副市长把手里的鲜花送给何长胜，然后热情地与他拥抱，并轻轻拍着何长胜的背说："老易同志，今天是劳动者的节日，我祝你节日快乐！"这话让何长胜老婆听见了，她用乡下话纠正说："我家老鬼姓何呢。"关副市长哈哈大笑，说："你看我这记性，都是多年的老朋友了，我还是把他与逍遥游洗浴中心的易总给混淆了，他们两个长得可真像！老罗呀，不好意思哟。"何长胜老婆把"罗"和"何"听得差不多，没有分辨出来。但何长胜还是觉得这个关副市长又把自己的姓给弄错了。

青年节那天，关副市长来到模范青年表彰会现场。关副市长一进门，模范青年立刻排成两行，夹道欢迎。关副市长握着前面那位与歹徒搏斗身负八刀的模范青年罗青松的手说："小陈呀，你的事迹太感人了。"大会主持人说："关副市长，他姓罗，叫罗青松。"关副市长笑着说："哎呀，现在模范青年真是太多了，你看看，我已经把他与马田坪镇那位煤矿老板陈青松给混淆了。"关副市长又把手伸过去，他握住了去年冬天跳进河里救回一对母子的模范青年徐海灿的手，说："徐灿海吧，你的名字一直烙在我心中，真是太无私了，你是当代青年的榜样啊！”大会主持人想对关副市长解释一下：这个救人英雄叫徐海灿，不叫徐灿海。主持人想了想，觉得不太适合，他已经纠正过关副市长一次了。关副市长握着残疾女青年吕小丁的手，激动地说：“丁小吕呀，你可为咱们市争足了光啊，为了外国游客的安全，你把自己伤成了这样，太伟大了！”残疾女青年吕小丁当场就哭了。关副市长象征性地将吕小丁搂在怀里，然后喊了一声：“向丁小吕同志学习！”熟悉吕小丁的人都惊呆了。关副市长随即又喊出了第二声：“向丁小吕同志学习！”会场就有人一起喊：“向丁小吕同志学习！”吕小丁哭得更加伤心了。

儿童节那天，关副市长照例来到市幼儿园。关副市长刚下车，就紧紧地握住园长蒲冬梅的手说：“毛园长，辛苦了，我代表政府感谢你，你为祖国培育出一批又一批花朵。”蒲园长心里一惊，心想，这个关副市长呀，每年这个时候来，都把我叫错了，这次我还以为他记着我了呢，想不到，叫得更离谱了。蒲园长还是堆着笑说：“感谢领导关心！感谢领导关心！”关副市长又来到孩子里中间，他与孩子们唱起了儿歌。本来是唱“小燕子，穿花衣，年年春天来这里……”可关副市长唱着唱着，就唱成了“羞答答的玫瑰静悄悄地开，慢慢地绽放她留给我的情怀……”孩子们不会唱了，一个个笑嘻嘻地看着关副市长唱。蒲园长觉得有点冷场，就配合着关副市长继续唱：“慢慢地燃烧她不承认的情怀，清风的手呀试探她的等待，我在暗暗犹豫该不该将她轻轻地摘，怎么舍得如此接受你的爱……”

教师节那天，关副市长照例来到重点中学市一中。关副市长走进会议室时，全体教师都站了起来。关副市长走过去握着副校长牛大群的手说：“马校长啊，辛苦了，节日快乐！”

张校长赶紧解释说：“他是牛大群副校长。”

关副市长双手合掌，像作揖一样，说：“不好意思，不好意思。”

关副市长又握住教务主任侯明清老师的手说：“牛主任，节日快乐！”

张校长赶紧解释说：“他叫侯明清，教务主任。”

关副市长双手合掌，像作揖一样，说：“不好意思，不好意思。”

关副市长又握住特级语文老师朱建邦的手说：“侯老师，节日快乐！”

张校长赶紧解释说：“他是我们学校的特级语文老师朱建邦同志。”

关副市长双手合掌，像作揖一样，说：“不好意思，不好意思。”

关副市长又握住高级数学老师苟小菲的手说：“朱老师，节日快乐！”

张校长赶紧解释说：“她是我们学校高级数学老师苟小菲同志。”

关副市长双手合掌，像作揖一样，说：“不好意思，不好意思。”

有人给关副校长准备一张纸条，上面写着关副市长即将一一握手的所有老师的姓氏。

关副市长握着物理老师朴正锋的手，瞟了一眼那张纸条，大声地说：“朴（pu）老师，节日快乐！”

张校长赶紧解释说：“他姓朴（piáo），叫朴正锋。”

关副市长严肃地说：“怎么能这么叫呢？嫖正疯，嫖得正疯？这样好像不妥吧？”

全体老师都傻了眼。

恐高症

关部长从洗手间里出来，看见过道上有几个人在说悄悄话。他们见了关部长，个个转过身，进了办公室。

关部长走进办公室，刚坐稳，马处长进来了。马处长小心翼翼地关上门，表情沉重地说："不好了，关部长，薛副书记被检察院的带走了。"关部长大吃一惊，说："是真的吗？"马处长说："是真的。刚才我上电梯时，看见四个检察院的人，架着薛副书记从电梯里出来，薛副书记双手还锁了铐子，一脸惨白。"关部长沉默不语。他示意马处长先出去。

关部长一边关门，一边擦汗。薛正涛呀薛正涛，这回算你倒霉了。你也别怪兄弟我不来救你。如果是战场上，你被敌人俘虏了，我肯定会冲出去，设法营救的，但现在是检察院啊！你叫我怎么办？关部长满脑子是那个肥肥胖胖的薛正涛。这个薛正涛，和关部长同时参加工作，在同一个基层共事多年。关部长原来对他是有点想法的，他爬得比猫还快，但自从关部长得到副厅级后，他俩的关系又如铁似钢。现在，像薛正涛这样的正厅干部，光天化日之下，被人带走了，不仅寒心，更让人害怕！

关部长走近窗户边，他想看看有没有检察院的车辆在下面鸣笛。楼外却和昨天一样，平平淡淡地展现在众人面前。18 层楼下面，一排排绿树簇拥着，偶尔有几辆小车甲虫般地缓行在开满鲜花的楼坪过道上。关部长眼睛盯着楼外，脑海里却浮现着那个薛副书记。他想像着薛副书记正坐在一间暗室里，2 盏千瓦灯泡照着他，前面是一张长方桌，上面坐了四个戴平顶帽的检察官，三个人轮流向他发问，一个人在拼命作记录。他甚至想象着薛副书记被推进牢笼里，一进去，里面那几个都咧了嘴朝他微笑，看守人员一转身，那帮人就开始动手了，只听见薛副书记在里

面哇哇惨叫……关部长打了四个冷颤。太吓人了，太可怕了！关部长不由自主地想到了自己。他想像在不久的某一天，办公室突然闯进几个检察院的，其中一个铁着脸问他："你是关达吗？"他说了句"是"，另一个检察官迅速从屁股后面取出手铐，二话没说，将他铐住，然后把他带走……关部长一连打了八个冷颤，腿脚颤抖，一阵眩晕，接下来就出现了恶心反应。

关部长艰难地走到办公桌旁，他拨通了司机的电话。不一会，司机进来了，说："关部长，你要去哪？"关部长说："医院。"

关部长很快坐在了当地一家权威医院的专家门诊室里。关部长两手做成"八"字形，支撑着他那眩晕不已的脑袋。专家问他："关部长，你哪里不舒服？"关部长说："心理紧张，心里发慌，眩晕，恶心。"专家说："什么时候有这种反应的？"关部长说："2 小时以前。"专家说："是不是吃了什么不干净的东西？"关部长说："不会的，我早餐是在自己单位的领导食堂吃的。我们领导食堂的牛奶，是市面上最好最贵的牛奶，里面的鸡蛋，是从大山里的农户家收购来的，厨师也是经过严格把关招进来的，三个厨师只为我们十二个领导服务，绝对没什么问题。"专家说："那你想一想昨天或者前天是不是吃了什么不干净的食物。"关部长说："也不会的。昨晚我在喜来登酒店用餐，昨天中午我在豪庭酒店用餐，前天晚上我在阿拉斯酒店用餐，前天中午我在维多利亚酒店用餐，这些都是五星级以上的酒店，不会有什么问题的。"专家说："那你是不是吃了其他不干净的东西？"关部长有点不高兴了，他说："吃的方面，绝对没问题，你也不要问了。"专家说："那我给你做个系列检查吧。"关部长说："也不用了，我估计是恐高症。你就给我开点治疗恐高症的药物吧。"专家说："关部长，这样不妥吧，在没有检查出病因前，我们不能随意开药。"关部长说："没关系的，应该是恐高症。"专家说："你怎么这么肯定呢？我还没给你做检查呢？"关部长说："是的，一定是的。"关部长要司机回避一下，然后关上门，打上反锁。

关部长转过身，坐下来，闭着眼睛对专家说："你不知道，我现在脑袋里有一座高楼，我数下……"

"哇——"

关部长呕了。关部长呕出一大摊牛奶，早晨吃过的蛋清还没完全消化，洁白的，亮晶晶的。专家递给他几张餐巾纸。关部长闭着眼睛擦他的嘴巴。

关部长说："我数出来了，我脑袋里这座大楼一共28层。我想像自己正站在28层顶端，侧着眼往下面看，心里扑扑地跳，吓死人了！"专家说："不会吧，你现在睁开眼，随我过来。"专家挽着关部长走近窗户。专家说："这里是5层，你朝那边看，那是48层楼。你现在有什么反应？"关部长说："没有。"专家说："你再想象一下，你现在就站在对面那48层楼的楼顶往下看，下面是飘带一般的马路，行人像蚂蚁一样。"关部长睁大眼睛，把自己想象成正站在对面那48层的楼顶。他没觉得有什么可怕。专家说："那你应该不是恐高症。有恐高症的人，一般连4层楼的高度都受不了。"专家想了想，说："你坐电梯不害怕吗？"关部长说："不害怕，我们单位的电梯还是透明的，我办公室在19楼，我来时坐了，没事的。"专家说："你坐飞机不害怕吗？"关部长说："应该不害怕，我每个月要坐十几趟飞机，比一般电影明星坐得还要多。"专家肯定地说："那就不是恐高症了！"关部长说："是的，绝对是的。"专家说："这怎么可能呢？"

关部长拉着专家回到座位上，他闭上眼。关部长脑袋里那28层高楼又树了起来。关部长说："我受不了！太可怕了！"关部长又想呕，但呕不出来。专家说："怎么回事？你怎么有这个反应，你还是说具体一些，好吗？"关部长闭着眼睛说："我现在是副厅级干部，我觉得自己的位置很高。"专家说："是的，你是领导干部嘛。"关部长说："我从副股到正股，从正股到副科，从副科到正科，从正科到副处，从副处到正处，从正处到副厅，一共是7级，每一级相当于4层楼高，这7级就相当28层楼那么高。"专家"啊"了一声。关部长闭着眼睛说："你别出声，你听我说。我现在正站在28层楼的顶往下看，天啊！真是太可怕了！"专家说："你不要害怕，你脑袋里那栋楼是虚无的。"关部长颤抖着嘴唇说："你别这么说，你不知道，我当副股长时，贪污了3万；当股长时，挪用公款18万；当副科长时，受贿8万8、搞了1个女的；当科长时，贪污21万、受贿26万、搞了3个女的；当副处长时，受贿85万、通过小钱

柜弄了128万、玩了5个女的、在外面还包了1个女的；当处长时，受贿258万、通过小钱柜弄了118万、报假账329万、搞了12个女的，其中2个是外国货；当部长以来，我记不清受贿多少，人民币应该不会少于600万、回折可能有800万、港币180万、劳力士手表9块、玩国内女的不少于50个（包括那些不三不四的坐台小姐）、玩欧洲女人4个、俄罗斯女人8个、日本女人5个、还搞了2个黑鬼子……”

专家惊愕不已。专家要关部长不要扯远了。

关部长说：“我没扯远，你不知道，我们薛副书记今天早晨被检察院的带走了。他比我高半级，检察院都能把他带走，我想，我怎么下得了地？”

专家说：“不会有事的，你不要害怕。”

关部长愤怒地说：“你不要幸灾乐祸了，你不知道，高处不胜寒呀！我现在身处这么高的位置，我不敢往下面看，下面没有行人，没有车辆，全是白晃晃的刀刃，全是黑鸦鸦的枪口。太可怕了！请你告诉我，我怎么下来？”

关部长闭着眼，走过来，他一把抓住专家的衣领，发疯似地扯。紧接着，双目紧闭的关部长又摸到了窗户边，他推开窗户，爬上去，准备往下面跳。

吓得专家一把拉住他，大声呼喊：“来人啊！快来人啊！”

司机奔了进来。

专家气喘吁吁地说：“快把关部长带走，他这个病，我这里治不了。”

司机问：“那要去哪里治？”

专家把手扬了扬，说：“还是到东方脑科医院吧！”

失语症

患者和他妻子终于排到了医院的挂号窗口。挂号医生一边忙碌着，一边问："挂什么科?"患者歪了歪嘴巴，青着脸，不说话。患者妻子赶紧说："医生，他的嘴歪了，脸色发青，说不出话，你看，他需要挂什么科?"

挂号医生抬头瞟了一眼患者。几分钟后，便向窗口丢出一个病历本、一张挂号单和五六个硬币。患者妻子拉长脖颈说："医生，是什么科?"

挂号医生有点不耐烦地说："肝胆科。下一个!"下一个患者和她的家属们立刻涌了上来。他们把这个患者和他妻子彻底排挤在队伍之外。

患者和他妻子穿过二号楼，乘电梯来到肝胆科。

打发走一个黄脸患者后，医生把这个患者叫了进去。患者妻子也急忙跟了进去。医生说："你进来干什么?"患者妻子说："我是他妻子，如果我不进来，你是问不出什么情况的，他说不了话。"医生默许了。

医生要患者躺在诊室那张病床上。患者妻子说："他肝胆应该没什么问题。"医生转过身，朝她瞟了一眼，说："你怎么知道他没问题?"患者妻子说："我也说不清楚。"

医生反驳着"哼"了一声，要患者解开上衣纽扣。患者解开衣扣，平躺在病床上。医生用手指在患者肚子上来来回回按了一阵，又在各个点位零零星星地敲打了一番。然后示意患者下来。医生洗了手，坐下来，开始记录。医生问："多大了?"患者动了动他的歪嘴，很想说话，但说不出。患者妻子说："33。"

医生说："他什么时候开始歪嘴的?"

患者妻子说："差不多一个月了，起初只是有一点歪，过不了几分钟，又正了。"

医生说："这次歪是什么时候？"

患者妻子说："昨天晚上十点多。"

医生说："请你把情况说具体些。"

这时，患者妻子从挎包里掏出一个 U 型耳机，套在患者头上，然后又掏出一个 MP4，将耳机线插进 MP4，选了王宏伟那首《西部放歌》，并将声音调至到最大。

医生不解地说："你这是干什么？"

患者妻子说："你不是想知道他的发病情况吗？"

医生说："是的，可你也不需要让他戴耳机呀！"

患者妻子说："要戴的，一定要戴，不然，他的嘴巴会更歪。"

医生惊讶地说："怎么会这样呢？"

患者妻子说："是的，我也不知道。"

医生说："你把他耳机取下来，我倒要看看他到底病成怎样。"

患者妻子说："不行的，他会呼吸不匀，两眼发白，嘴巴更歪。"

医生有点不耐烦地说："是你给他看病，还是我给他看病？"

患者妻子只好替患者把耳机摘下来。

医生问："到底怎么回事，你把当时的情况说一说。"

患者妻子注视了患者一眼，然后说："医生，是这样的，昨天上午九点，我小孩的书法教师给我家打来电话，说我小孩这次书法过级差了一点点，他听了以后，就呼呼地吸气、吐气，眼珠子开始往上翻，嘴巴也抖得很厉害——"

这时，座位上的患者开始朝左边拉嘴巴，然后就上翻，接着就机械式地跳个不停。几分钟后，患者开始翻白眼，吐白沫……

患者妻子说："医生，你看到了吧，他现在又发作了。"

医生说："给他戴上吧。"

患者妻子走过去，将耳机重新套在患者头上，继续给他播放王宏伟那首《西部放歌》。不到一分钟，患者的情绪趋于稳定，眼珠子不翻了，呼吸也均匀了，嘴巴也不抖了，也不流白沫了。

患者妻子说：“他这病，主要是因为小孩。”

医生说：“小孩？小孩能使他这样？”

患者妻子说：“是的，刚才你也注意到了，我一说到小孩的事，他就发病了。所以，现在我要多说几句。”

医生说：“好的，你只管说，他现在应该不会听见了。”

患者妻子将王宏伟的《西部放歌》设置成循环播放，并检查了音量是否调到最大。然后说：“医生，你也知道，现在的社会是人才竞争的社会，谁能够以一当百、以一当千，谁就可以考上一个理想的学校，找到一份理想的工作，获得一份理想的收入，成立一个理想的家庭。你说，是不是这样？”

医生说：“是的。”

患者妻子说：“因此，我和我老公在结婚那天晚上，基本上什么也没干，就发了一个晚上的誓言。我们共同发誓：一定要把小孩培养成为祖国的栋梁之材。我刚怀孕，我们就开始实施胎儿教育。我们看了许多胎教方面的书籍和光碟，听了许多胎教方面的讲座。孩子在没出生的九个多月时间里，我们为孩子播放了《唐诗三百首》、《中国优秀民歌五百首》、肖邦三部钢琴协奏曲、三部钢琴奏鸣曲、四部叙事曲、四部谐谑曲、十八首波兰舞曲、二十四首前奏曲、莫扎特《第三十一交响曲》、《第三十五交响曲》、《第三十六交响曲》、《第三十八交响曲》、《第三十九交响曲》、《第四十交响曲》、《第四十一交响曲》、贝多芬《第三交响曲》（英雄）、《第五交响曲》（命运）、《第六交响曲》（田园）、《第九交响曲》（合唱）、第一、第二、第三、第四、第五、第六钢琴协奏曲——”

“这和你丈夫的病有关系吗？”医生打断了患者妻子的解说。

患者妻子说：“当然有关系！我和我丈夫对孩子的期望是相当高的，我们不仅要把他培养成诗人、音乐家、钢琴家，还要把他培养成书法家、跆拳道高手、奥数尖子、英语鬼才，我们希望在我小孩高中毕业那年，清华、北大的招生老师因为抢招我小孩而打起来，最后，我们决定放弃清华北大，选读香港中文大学，接受这所大学所给予的一笔奖学金。”

医生说：“你们小孩现在多大了？”

患者妻子说：“下半年读小学二年级了。”

医生说：“你说说你丈夫的病与你小孩到底有什么关系吧。”

患者妻子说：“到现在，想必你也知道了我丈夫对小孩的那种期望了吧。”

医生说：“可以理解。”

患者妻子说：“我小孩除了读一年级外，现在还学了六门特长。第一是学英语，每周五次；第二是学奥数，每周四次；第三是学钢琴，每周三次；第四是练书法，每周两次；第五是学作文，每周两次；第六是练习跆拳道，每周一次。除了参加这些特长班以外，我们还要他背唐诗、练嗓音……”

医生说：“就说说你丈夫发病那天的情况吧。”

患者妻子说：“昨天上午九点，我小孩的书法教师给我家打来电话，说我小孩这次书法过级差了一点点。我丈夫知道这一情况后，就出气不匀，就翻眼珠子，就抖嘴巴。我安慰他说，差一点就差一点的，下次不就过级了。他听了我的话，情况得以好转。但是，中午十二点的时候，我小孩的钢琴老师打来电话，说我小孩坐在钢琴边喜欢动，一点也不专心。他知道这一情况后，立刻出气不匀，立刻翻眼珠子，立刻抖嘴巴。我劝了他几句后，情况有所好转。下午三点的时候，我小孩的奥数老师打电话说，我小孩做奥数题喜欢发呆，不肯动笔。他知道这一情况后，“啊”了一声，呼呼地抽气、出气，眼珠子翻得很厉害，嘴巴抖个不停。我耐心地劝了他半个多小时，情况终于有所好转。下午五点的时候，我小孩的作文老师给他发了一个信息，说我小孩的作文是抄袭另外一个同学的。他得知这一情况后，“哇”地一声，就出气不匀了，眼珠子全是白的，嘴巴有点歪。我赶紧对他解释了半个多小时，情况才有所好转。晚上十点多钟，我小孩的英语老师打来电话，说我小孩还有五个单词说不出，他听了这一情况后，呕了一声，抽了几口气，眼珠子翻了翻，嘴巴快速地抖了几下，然后就彻底地向左边歪了。我昨天晚上基本上没睡，一直给他做工作，他就是不说话，青着脸，嘴巴也一直歪着。”

医生一边摇着头，一边将病历本交给患者妻子。

患者妻子说：“医生，怎么办？”

医生说：“你先带他去看看心理医生，等把心理调整好了，再来看他的肝胆，好不好?”

患者妻子说：“这……”

医生说：“去吧，快去吧!”

后遗症

霍元彪正在起草一个文件，局长秘书打来了电话，要他马上去一趟。霍元彪放下手里的活，拔腿去了局长秘书办公室。

局长秘书办公室和局长办公室连为一体。局长坐里头，秘书坐外头，再外头是一间会客室。局里局外的人要找局长，都必须经过秘书。霍元彪小心地敲了敲门。秘书在里头深沉地应道："进来。"霍元彪把脑袋伸进去，里面静悄悄的。好像没人。霍元彪有意识地吭了一声。秘书在里面深沉地说："这里。"秘书很年轻，霍元彪见过一次，那次霍元彪下去搞检查，秘书当时还在那个基层分局办公室。霍元彪清楚地记得，那次他给自己剥了三根香蕉，续了五次茶水，临走时，还要求霍元彪在他笔记本上留下姓名和电话。刘白龙局长执政江南分局的第二个月，他成了局长秘书。

秘书斜坐在办公桌边，一只脚架在另一只脚上面，翘起来的那只脚穿的灰布鞋非常扎眼。秘书办公桌上铺了一块洁白的纸巾，秘书一只手扶在鼻沟上，一只手正用小剪刀在鼻孔里剪鼻毛。洁白的纸巾上，静静地躺着几根短鼻毛。霍元彪说："章秘书。"秘书没有抬头看他，仍在小心翼翼地剪右鼻孔里那根鼻毛。霍元彪站在旁边，静静地候着。霍元彪觉得领导办公就是不一样，一个字：静。静得好像没人办公一样。这哪像自己那间八九个人挤在一起，每人一个隔厢的大办公室，接个电话，谁都知道，放个屁，谁都听到，毫无隐私可言，毫无庄严可言。秘书终于收起那把精制的小剪刀，将桌上那块洁白的纸巾拧成一个球，丢进旁边的纸篓里。秘书站起身，朝右边那扇门轻轻走去，扬着手，小心叩了三下。里面隐隐传出深沉的回音："进来。"秘书将一份签报交给霍元彪，说："进去吧。"霍元彪惊讶地说："要我进去干什么？"秘书说："你进去就知道了。"霍元彪屏着气，蹑手蹑脚进去。刘白龙局长斜坐在一张大老板桌旁，一只脚架在另一只脚上面，翘起来的那只脚穿的灰布鞋非常扎眼。局长办公桌上铺了一块洁白的纸巾，局长一只手扶在鼻沟上，一只手正用小剪刀在鼻孔里剪鼻毛。洁白的纸巾上，静静地躺着几根长鼻毛。霍元彪说："局长。"局长没有抬头看他，仍在小心翼翼地剪左鼻孔里那根鼻毛。霍元彪站在那里，静静地候着。霍元彪觉得自己的腿出奇地酸，霍元彪就在心里想象着自己正在做踢腿运动，踢着踢着，他觉得自己的腿好像没那么酸了。刘白龙局长终于收起那把精制的小剪刀，将桌上那块洁白的纸巾拧成一个球，丢进旁边的纸篓里。刘白龙局长说："什么事？"霍元彪将手里的签报递过去。刘白龙局长说："这是你起草的？"霍元彪说："是的。"刘白龙局长象征性地翻了翻，抓起笔，在"领导批示"栏上签了"同意"二字，然后落了一个大大的"刘"字。霍元彪说："局长，没其他事了吗？"刘白龙局长瞟了他一眼后，把头点了点，没说话。霍元彪拿着签报和秘书打招呼，秘书瞟了他一眼后，把头点了点，没说话。

刘白龙局长在江南分局点了五年头，就穿着他的灰布鞋退位了。来了一个很能说的局长。新局长刚到江南分局，他就给全体员工上了一课。三个半小时，没喝一口水，从历史讲到自然，讲到经济，讲到税收，他还结合自己的成长经历，讲到年轻人该怎样干，该怎样求进步。说得满堂人唏嘘不已。这堂课几乎没人打瞌睡，而且越到后面越精彩。前面的处长们个个扬着脖子听，后面的群众也拉长脖子，瞪着眼睛听。大家从视频上终于注意到了这位新来的局长那个硕大的鼻孔。当新来的局长扬着手势，敞开鼻孔尽情发挥时，大家就注意到了他鼻孔里那两撮鼻毛，两撮鼻毛像半个月前施了尿素的禾苗，非常茂盛，几乎塞满了他两个鼻孔，两撮鼻毛里都有些出类拔萃的鼻毛肆无忌惮地裸露在外，并在鼻孔的隔梁处形成一个交叉。视力不好的还以为是胡子。霍元彪开头就以为是胡子。当霍元彪扶正眼镜认真注视视频时，他简直惊呆了。他想笑。

他扫了一下左右两边的人，发现他们都张着嘴，在惊讶地听，根本没有笑的意思。霍元彪就忍着，强迫自己坚决不能笑。

应该说，新局长很随和，他也没有更换秘书。他的秘书仍然是章秘书。这天，章秘书打电话来，要霍元彪马上去一趟。霍元彪放下手里的活，拔腿去了局长秘书办公室。霍元彪小心地敲了敲门。章秘书在里头很随和地道："进来哟。"霍元彪把脑袋伸进去，只见章秘书挥动着手，穿着一双非常扎眼的棕色皮鞋，拿着一份文件朝他走过来。章秘书指着那份文件说："请你们处室根据薛局长的重要批示，认真抓落实。"霍元彪想辨认一下薛局长那几行批示。章秘书好像来劲了，他敞开鼻孔尽情发挥。这时，霍元彪就注意到了章秘书鼻孔里那两撮鼻毛，两撮鼻毛像半个月前施了尿素的禾苗，非常茂盛，几乎塞满了他两个鼻孔，两撮鼻毛里都有些出类拔萃的鼻毛肆无忌惮地裸露在外，并在鼻孔的隔梁处形成一个交叉。霍元彪开头以为是胡子。当霍元彪扶正眼镜认真注视章秘书时，他简直惊呆了。霍元彪终于忍不住笑了。章秘书说："你笑什么？"霍元彪说："没什么，我觉得你解释得非常到位。"

2009年的冬天，在薛局长接到任免通知不久，人还未离开江南分局时，总局就从外地调来一个三十出头的小伙子。据说，那位小伙子就是新局长的秘书。小伙子非常活跃，初来乍到，他就拿着花名册一个处室一个处室地熟悉人，当他结识到年龄在25至35岁之间的漂亮女职工时，他就用牙齿轻轻地咬着下嘴唇，然后耐心地记下她们的手机号码。小伙子问霍元彪："你们处室的马江花是哪一位？"霍元彪指着刚刚从厕所里归来的马江花说："他就是。"小伙子大吃一惊，说："怎么是个男的？"霍元彪说："他本来就是男的。"小伙子摇了摇头，很快就去了另一个处室。

过完2010年春节，霍元彪第一天来上班，同事马江花就告诉他："新局长来了。"

霍元彪说："姓什么？"

马江花说："好像姓孟。"

霍元彪说："你见过了？"

马江花说：“刚才坐电梯的时候，看到过，有蔡副局长、郭副局长、人力资源处的毛处长陪着。”

霍元彪说：“是不是咬嘴巴？”说完，霍元彪用牙齿轻轻地咬着下嘴唇。

马江花说：“是这样的！你没见过，你怎么知道？”

霍元彪说：“猜的。”

并发症

家属将患者扶到座位上。患者深深地吸了一口气，然后又长长地吐了一口气。

医生说："哪里不舒服？"患者慢腾腾地说："头有点痛。"医生伸出手掌，用手背在患者额头上摸了下，拿出体温表，甩了甩，交给患者。患者把它夹在腋窝里。医生打开病历本，正准备下笔，好像又发现了什么，他翻开病历本的封面，惊讶地问："你叫来月经？"患者惊了一下，说："不是的，我叫来朋经。"医生仔细地看了看，说："你这半边月字也写得太小了吧！"患者说："没办法，头一痛，就什么也不顾了。"医生说："头痛多久了？"患者说："二十多天。"医生说："是每时每刻痛呢，还是阶段性痛？"患者说："差不多两三天痛一次，每次痛一个小时左右，好像唐僧念了紧箍咒一样，一紧一紧的，很不舒服。"医生心里想笑，他觉得这位患者太幽默了，又不是孙悟空，他怎么知道唐僧念咒的感觉呢？医生继续说："还有哪里不舒服？"患者想了想，说："没有，其他都很正常，和上班时一样正常。"医生说："你退休了？"患者说："不算退休，是退下来了。"患者进一步解释说："我当局长的时候，单位那么多人，事情那么复杂，我都没头痛，现在清闲了，头却痛起来了，真是怪事！"医生要患者取出体温表。医生对着体温表眯了一眼，一边甩一边说："体温很正常呢。"患者说："那我怎么办？"医生说："先做个 CT 吧。"

一小时后，患者和家属拿着 CT 结果进来了。医生仔细看了看结果，说："没问题呢，很正常呀。"患者说："可是我上午的时候，头一紧一紧的，很难受。"医生说："是不是感冒了？"患者说："不会的，我如果要感冒，我的鼻子会告诉我的，我现在鼻子很畅通。"患者重重地呼了呼鼻

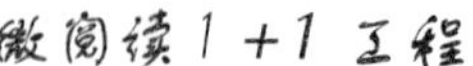

子，觉得鼻子里的空气非常流畅。医生说："那你想怎样？"患者说："住院，肯定要住院，说不定我的头明天又会紧起来的，那种感觉太难受了。"医生考虑患者是一位退下来的领导，便给他开了张住院单，交给患者家属联系病床。

患者顺利地住进了老干病房。头两天，患者一切正常。第三天，患者又感到自己的头一紧一紧的。在接下来的两天里，医生给他作了一系列检查，就是查不出患者头痛的原因。患者捧着头躺在病床上愁眉不展。这天下午，一个小伙子满头大汗地跑进来，他从包里掏出两扎红艳艳的百元大钞，对患者旁边病床上的老人说："爹，你就安心治病吧，我又取了两万过来。"患者无意中看到小伙子手里那两扎红艳艳的钞票，眼睛顿时一亮，痛感一下子就消失了。小伙子捏着钱刚出去，患者又觉得自己的头一紧一紧的。患者对老婆说："你赶快到银行取两万块钱来！"老婆说："你要钱干什么？住院费用用不着我们考虑呢。"患者说："要你去，你就去吧，你难道想让我晕过去？"

老婆莫名其妙地给患者取来两扎红艳艳的百元大钞。患者躺在床上一张一张地数。患者越数越觉得心里舒畅，头也不痛了。医生要患者去做一个颈椎检查。患者说："不用做了，我现在感觉很舒服。"医生见患者捏着一把钞票，边数边用手指在舌头上沾唾液，就提醒患者说："你不要这样数钱，很不卫生的。"患者将舌头伸出来，沿着嘴唇打了一个圈，如饿狼看到猎物一般。患者没听医生的话，又低下头数钱，数了几张，患者猛地抬头注视着医生，然后又伸出舌头，沿着嘴唇打了两个圈。医生说："你这是干什么？"患者说："我现在好想吃东西。"医生问患者老婆："他中午吃了东西吗？"患者老婆说："吃了，两碗米饭，一只土鸡，全吃光了。"邻床那位正在啃香蕉的老头见患者还想吃东西，就举起一根香蕉对患者说："你想不想吃香蕉？"患者反了一下胃，说："我不吃香蕉的，我想吃鲍鱼、三文鱼、龙虾，我还想喝茅台、五粮液、蓝带马爹利。"医生把患者老婆拉到一边，悄悄地说："他可能还有饥饿症，你下午带他去做一个心理疾病检查，你跟我到办公室来，我马上给你开一个单子。"患者老婆企图跟随医生出去。患者大声喊道："你要去哪？"老婆说："再给你做个检查。"患者说："有什么好检查的？快到皇冠大酒店给

我弄一瓶飞天茅台、一只龙虾、一盘三文鱼和八个鲍鱼回来！”老婆说：“你这是怎么了？刚刚吃了那么多，又想吃了？”患者说：“我现在头不痛了，食欲跟上来了，你难道不让我吃？你不让我吃，我自己去吃！”患者捏着手里的两扎钞票企图出去。老婆说：“你不要这样，我去就是了。”老婆并没有去，而是拨通了女儿的电话，她吩咐女儿马上去办。

女儿女婿火急火燎地从皇冠大酒店弄来一瓶飞天茅台、一只龙虾、一盘三文鱼和八个鲍鱼。望着女儿女婿的到来，患者的舌头沿着嘴唇打了五个圈。大家都惊讶地望着患者一边喝酒一边津津有味地品着大龙虾。喝到第六杯的时候，患者一定要老干病房的负责人过来。患者家属把那位负责人请了进来。患者说：“你就是老干病房的负责人吗？来来来，咱们喝一杯！”负责人说：“我不能这样的，这里是医院，不是酒店。”患者一手端着酒杯，一手拿着大龙虾的剪子咬，他走到门口，用脚将门带上，然后守在门边。患者说：“你不喝酒也可以，但我希望你照我的意思去做，否则，我心里就堵得慌。”负责人对身边的那位主治医生说：“他这是什么病？”主治医生悄悄地告诉负责人：“刚才有饥饿症症状，现在还不知道又有什么病症并发。”患者说：“你们不用啰嗦了，我用完这顿大餐，再也不饿了，你们千万别以为我有饥饿症。我现在心里只是堵得有点慌，我也不知道这是为什么。”负责人说：“你到底想做什么？”患者说：“我找你来，就是商量这个事情的。我知道，这里的床位比较俏，想进来的人肯定不少，求你的人也肯定不少。我只想求你一点，让所有来找你住院的病人，能不能先经过我这一关，当然，他们最后能不能住进来，权力还在于你。”负责人对患者说：“这个问题，我们得研究一下。”负责人把主治医生拉到走廊边说：“这位病人是不是精神有问题？”主治医生摇着头轻声说：“没问题的，他这几天所有的检查结果都很正常。”说完，主治医生微微一笑。负责人说：“你笑什么？”主治医生说：“据我初步判断，他这是并发症，这个病好了，那个病又发了，而且——”负责人问：“而且什么？”主治医生说：“而且他发作的病，不是医院能根治的，是一种官僚病，吃喝玩乐，索拿卡要，一个一个地发作。”负责人说：“那怎么办？”主治医生说：“只要医院有收入，管他呢，又不要他的命。如果你相信我说的话，我敢打包票，他这心堵病好了，马上又会犯心狂病。”负责人听懂了主治医生关于医院抓收入的意思，但没听懂心狂病是指什么。主治医生说：“他可能还会叫小姐。”负责人听了大吃一惊，马上，他又镇定起来，他走进病房，对患者说：“关于你的要求，我们基本上答应，但时间不能太长。”患者说：“不会的，不会的，我的心一旦不堵了，我就不会让他们进来的。”

当天晚上，有五个人跑到患者病房要求住院。患者跷着二郎腿反反复复地问，最后原则上同意其中两个住进来。第二天上午，第四个要求住院的人来找患者，他很不耐烦地说：“别找我了，直接找这里的负责人吧。”患者觉得心里一点也不堵了。中午的时候，患者一定要老婆和女儿回家去，他把女婿留了下来。患者对女婿说：“我现在手里有钱数，头不痛了，刚刚吃了大餐，嘴不馋了，又卡了几个人住院，心不堵了，但是——”女婿说：“但是什么？爸，你说吧。”患者说：“你也是男人，我就不瞒你了，我现在心里特别狂热，我很想和年轻女孩做一次近距离接触。”女婿听了有些惊讶。患者说：“是不是为难你了?”女婿说：“不会的，不会的。”女婿顿了顿，又说：“是不是把女孩带到病房来?”患者说：“千万别这样！我们还是出去吧，你给我放放哨就行了。”女婿说：“好的，好的。”

晚上七点半，女婿将患者带进了巴巴拉夜总会。

综合征

如果你认为我在那家医院出出进进就断定我身体有病或者说我是医生的话，那你就错了。我很好，可我什么也不是，我只是一个小小的看守所工作人员。

不错！我是对那家医院很熟悉，熟悉的程度赛过我对看守所了解的铁门铁窗。从看守所到那家医院是有一段距离的，准确地讲，要经过一条常年泥泞不堪的土路然后再转两次车。我不知道，我一年要在这段距离上往返多少次，我厌恶了这种机械式的运动，就像看守所里的犯人厌恶有限空间一样。

第一次走在这段距离上，我似乎有点神气昂扬。乡下的婶子来了，背上长着两个鹅蛋似的血管瘤。对于这样的亲人，我是不能不帮的，我那坏了一只眼的松贵叔好不容易才得到这门亲事，而这门亲事的唯一条件就是帮她把背上的血管瘤消掉。要知道，在我们那个偏僻的穷地方，这是多么难得的婚姻。我走进高考时曾经体检的那家医院，捏着挂号单左来右去，才将婶子带到一位上了年纪的老大夫面前。大夫那只树藤般的手在我婶子背上按了按，摘下眼睛，收了听诊器，然后信手握住身旁的点水笔，在纸片上沙沙地写。老大夫的字迹过于潦草，以至于我每一次伸出脖子都一无所获。我觉得老大夫的举止很像莎士比亚在写作，那么专心，那么沉闷。我几次问他“这要不要紧”，他都嗤之以鼻。最后，我的习惯性叉腰动作改变了他对我的漠视，他用惊讶的目光盯住我腰间的手枪。他说，不要紧，但是要住院，开一刀就行了。

拿掉了婶子背上那两个鹅蛋状的血管瘤后，我也就闻名乡里。紧接着，春秀婶的儿子八狗带着他的婆娘笑眯眯地来找我，说要我帮忙带她去医院做个B超，看肚子里怀的是崽还是女，言外之意，是崽则留，是女则流。我知道我的行为关系到社会男女比例的失衡问题，是知法犯法，可我又能怎样呢？一个五个月的孕妇打老远从乡下跑过来，要的就是一种说法。这一次，我腰间的枪也没管用，那个胖乎乎的中年女医生根本就不在乎我那把枪，她一再嚷道：出去，都给我出去，这里是孕妇胎位检查，不是阅览室。我也不敢妄断八狗婆娘到底怀的是男是女。总之，不是男，就是女。问题就在于八狗婆娘五个月后生了个胖崽，还口口声声说是我帮的忙。我到底怎么了？我帮了她什么忙？我又不是医生，我连B超的图形都要当成是天气预报，我怎么知道她真的怀了个胖崽！不管我怎么解释，我已经成了穷乡僻壤里的一个能人。

能人似乎就有能人的苦衷。别人一听到“看守所”三个字，都会有种畏惧感，可我的父老乡亲一听到“看守所”三个字全身就来劲就把它当成他们最想去的最佳去所。凡是进了城的（当然没有事他们是决不会进城的），都要想方设法找到看守所，然后点着我“王伟雄”的名字，不慌不忙地走进来。当然，来找我的都是奔着事情来的，而主要的事情又都是与病情有关。从某种意义上来讲，看守所和医院都是治病救人的场所。医生治的是身病，我们看守所治的是心病。我真的很愿意为所有的病人而奔波。

后来，我到省里学习了几个月。回来时，看守所的同事们交给我几个蛇皮袋，里面有腊肉、年粑、红薯以及木炭，说是有一拨一拨的乡下人来找我。

回到故乡，便证实了一切。句句的耳朵穿孔了，找过我；三娃的崽治膀胱，找过我；清皮叔割阑尾炎，找过我；秋桃婶脑壳晕，找过我……他们尽管没找到我，但是他们都打着我“公安局王所长”的名，去看各式各样的医生，而且又都统统地顺顺利利地把事情办完了。其实，我不是什么王所长，我只是看守所的一名普通看守员。

一天，我正在办公室看报纸，传达室的小周打过电话说，有人找我。我拉开传达室门上的那扇小窗，对那个人说，你找谁？那人说，我找王所长。我说，这里的所长姓马，福尔马林的马。那人又说，是王伟雄。这就让我奇怪了！那人说他是那家医院的主刀医生，姓刘，几个月前，他手下的一个病人说起我的情况，并说我这人很好，很喜欢帮助人。接着，那位陌生的医生就说明他的来意，他有个侄子前几天进了看守所，割了别人的脚筋。

时至今日，我也记不清有多少穿白大褂的医生直接或间接地找过我，正如我找他们一样，都是为了治人的病。

异常勃起

巡视员喝了一碗粥，吃了两个包子，早早来到办公室。他习惯性地为自己泡上一大杯浓茶。然后就给办公室打电话。他要办公室的人把这个季度的工作总结送上来。半小时后，有人将季度工作总结送给他。他随手翻了几下，然后就在第一页的右上角署上“已阅”字样。然后就捧着茶杯喝茶。喝了几口，他又拨通了行财处的电话，他要行财处给他送一份月度业务分析报告。有人给他送来了。他皱着眉头看了不到两分钟，拿起笔，便在第一页的右上角署上“已阅”字样……就这样，巡视员在他退下来当巡视员的半个月时间里，先后找遍了这个单位的28个职能部门，一共索取各种文字材料126份，他都在每份材料第一页的右上角署上“已阅”字样。这让所有职能部门大为惊讶，更让单位的现有领导班子大为震惊。因此，在后半个月里，大家都怕接到巡视员的电话。巡视员不仅需要常规性材料，有时也需要根据他的想法重新撰写的非常规性材料。这让有关职能部门大为恼火。但又敢怒不敢言。渐渐地，有关职能部门普遍形成了一种默契，那就是：要么拖延时间交稿；要么就张冠李戴；要么就说自己正在外头出差。于是乎，巡视员接到的材料也就越来越少。但巡视员觉得自己很需要作些批示。于是就将书柜里的各种藏书搬出来，草草地翻阅着，然后又在每本书的右上角署上“已阅”字样。在后来的两个多月时间里，巡视员已经将他办公室里所有的纸制东西全部署上了“已阅”字样。

终于，巡视员觉得无东西可阅了。于是走下楼。正好看见一个年轻女孩拿着一份材料从那头急匆匆地走过来。巡视员叫住了那个女孩。他说：“是什么材料？”女孩说：“张处长要我给他送一份工作计划。”巡视

员说："你哪个处的？"女孩说："业管处的。"巡视员说："给我看看。"刚从外地调来的这位女孩见这位巡视员长得肚皮肥大而且很有自信心，于是小心地将那份工作计划递给他。巡视员翻了几下，然后从左衣口袋里抽出笔，在工作计划第一页的右上角署上"已阅"两字。女孩大为震惊。正想说什么。巡视员扬了扬手说："你去吧，工作要抓紧点！"巡视员又背着手朝走廊那头走去。对面一个男孩低着头冲过来，正好撞在巡视员的肚皮上。男孩抬起头，才发现这位大腹便便的巡视员。男孩认识他，于是叫了声"孟局长"。男孩当然知道这位孟局长已经不再是孟局长了，可他不好意思叫他孟巡视员。巡视员露着黄牙说："小赵呀，忙什么呢？"小赵说："马处长要我替他参加一个会。"巡视员说："什么会？"小赵说："不知道，是办公室通知的，在4楼会议室。"巡视员见小赵手里捏着一个笔记本，他说："你拿的是什么本子？"小赵说："会议记录本。"巡视员说："给我看看。"小赵有点迟疑，见巡视员两眼直直地瞪着自己，便将记录本递过去。巡视员粗粗地翻了一下，然后从左衣口袋里抽出笔，在记录本的第一页署上"已阅"字样。小赵见罢，目瞪口呆。巡视员说："会议很重要，快去吧！"

楼道里又有许多人像打仗一样地走来走去。一共被巡视员逮到23人次，有7人被逮到了2次以上。基本上都被巡视员在纸制材料或者笔记本上签上"已阅"字样，还有2人因为手上没任何东西，竟然被巡视员在自己手掌上签上"已阅"两个字。大家都觉得不可思议。慢慢地就把这事给传开了。大家都在小心地防着，生怕碰见巡视员。

巡视员遇见的人越来越少。巡视员干脆守在某一层楼的电梯口，守株待兔。很多人于是不敢乘电梯，开始爬楼。

局领导为此秘密召开了一次会议，决定采取以下两条应对措施：一是要办公室的档案员每天复印10份旧材料，每天上午、下午分别给巡视员送去5份；二是要科技处派人到巡视员办公室，帮他在电脑里安装一套最新版的《轩辕传奇》游戏，并告诉他如何操作。

开头几天，巡视员还是热衷于签"已阅"。慢慢地，他开始迷上《轩辕传奇》。这样，许多人又终于放心地在楼道里蹿来蹿去，个个忙得焦头烂额。

一天，巡视员打电话给科技处的人，要求派一位电脑高手到他办公室。电脑高手一进门，巡视员就将门关好，并打了反锁。巡视员把电脑高手悄悄带进里面一个房间，轻声地说："有没有男女那方面的片子？"电脑高手一头雾水。巡视员又用双手做着那方面的动作。电脑高手鼓着圆圆的眼珠说："有是有，但是管理比较严。"巡视员背着手，严肃地注视着他。电脑高手点着头说："我马上想办法，马上！"

当天，电脑高手就为巡视员带来了杨思敏主演的《金瓶梅》。这以后的几天里，巡视员再也没有打电话，一个人反锁着办公室大门，如痴如醉地欣赏着杨思敏。

气温达到39度那天，巡视员突然给办公室打来电话，说是要马上送他去医院，而且反复交代不要女同志上来。几个男员工敲响了巡视员办公室的门。门开了，却不见巡视员。他们最后在门背后找到了巡视员。巡视员双手捂住下身裆口。有人问："孟局长，您怎么了？"巡视员把头向门外望了望，然后指着自己的隐私处，轻声地说："这东西回不了原了。大家只好让巡视员躬着腰，搀扶着他去了东方博大医院。"

东方博大医院患者很少。但是，医生在给巡视员就诊的时候，还是过来两个民工模样的病人。医生正在察看巡视员的隐私处，那两个民工模样的人也把脖子长长地伸了进来。医生说："你们两个，看什么看？"

两个民工模样的人被赶了出去。一个说："那老头子吃了什么好东西，举得那么高。"另一个说："哎呀，一看就知道是个当官的，上班时间肯定没事干，把卵都梭硬了。"

眩 晕

霍元彪乔迁新居第二个月，就把80岁的岳母从千里之外一个小县城接到了江南。六年前，霍元彪岳母来过江南，并在江南呆了五个月。那时，霍元彪老婆还没调过来，霍元彪一人带着儿子在江南念初中。霍元彪岳母实在不忍心，就到江南照看了一个学期外甥。现在新房弄好了，条件也比六年前好多了，霍元彪就想到一定要把岳母接过来小住一阵。

老太太刚在小县城做了她80大寿，虽步入高龄，但行动并不迟钝。走进霍元彪的新居，里里外外看了几遍，老太太满心欢喜地说："好，好，原来租的那个小房不是阳台漏雨，就是水管不通，巴掌宽的地方，来一个人，就要摊地铺，嘻嘻，现在好了，现在好了！"

这次老太太过来，本打算长住一段时间，但到了第四天，她就乐不起来了。女儿问她怎么了。老太太说，心里有点慌。吃过晚饭，霍元彪夫妇扶着老太太去屋外的桂花公园散步。当时，桂花正开，满园子香喷喷的，公园里有许多健身器具，霍元彪夫妇领着老太太迈上了一台摇腿机。霍元彪说："妈，您双手抓紧横杆，两脚踏进踏板里，可以一前一后地摆，也可以双脚同时摆。"霍元彪跨进旁边那台摇腿机上，做了一套示范动作。老太太在上面摆了几摆，就下来了。他们又来到一个跷跷板边，霍元彪将老太太扶上一端，要妻子坐在另一端。老太太被举了起来。霍元彪"呵呵"地笑。霍元彪又要领老太太去转那个转盘。老太太说："不玩了，回去吧。"三人借着温馨的夜灯回到了家。老太太也不看电视，洗了个脚，就去睡觉了。霍元彪对妻子说："妈是怎么了？"妻子说："我也不知道。"霍元彪夫妇俩来到老太太床前，说："妈，你没什么吧？"老太太挪着被窝说："没什么，只是心里有点慌。"霍元彪说："需要带你去医院看一下吗?”老太太说:“没事的,你们也休息吧。”

次日晚餐,老太太吃得出奇地少。霍元彪夫妇急了,问老太太是不是哪里不舒服。老太太说:“头有点晕。”霍元彪夫妇立刻紧张起来,他们急忙扶老太太去医院,也不管老太太愿不愿意。

在人民医院急诊室里,医生又是量血压,又是把脉搏,常规性的检查一项接着一项,却找不出老太太眩晕的病因。医生说:“那就只好先住院了,明天再做个CT、脑血流检查。”

老太太说:“不用住院的,也不用检查了。”

医生说:“老人家,你就不要反对了,先安心住院吧,等明天把病因查出来了,给你开点药,你的头就不晕了。”

老太太说:“医院是治不好的,我们还是回去吧。”

霍元彪给医生挤出一丝笑,然后对老太太说:“妈,还是住下来吧,这里医院条件很好,病因一查就出来了,很容易治的,我要冬梅今晚留下来陪你。”

霍元彪妻子蒲冬梅也百般规劝母亲住院。老太太拿出一副不屑一顾的样子,自言自语地说:“医院是治不好的。”

经过三天的检查治疗,老太太的眩晕没有得到丝毫缓解,反而愈加严重。喂药的时候,霍元彪把老太太扶起来,老太太惊讶地说:“哎呀呀,晕得很,天花板都在动!”

霍元彪妻子跑到医生办公室,找到那位主治医生说:“医生,我妈的眩晕症好像还严重了。”医生说:“该做的检查,我们都做了,也没发现什么大问题,药也用了不少,怎么会严重了呢?”

医生还是随霍元彪妻子来到老太太病房。医生说:“老太太,好些了吗?”

老太太把手从额头上拉下来,侧脸对医生说:“不会好的,只会越来越晕。”

医生说:“老太太,你可不要这么说,你要对自己有信心。我们已经对你做了全面检查,你的血压正常,脑动脉正常,心脏正常,肝、胆、脾、胃、血液都正常,你没什么大问题的。”

老太太说:“我晓得,我什么都晓得,那天晚上我就告诉你们了,我头晕，医院是治不好的。”

霍元彪夫妇以及那位主治医生都被老太太的话说蒙了。

老太太对霍元彪招招手，霍元彪走了过去，用耳朵贴在老太太嘴边。老太太嘴巴动了几下。霍元彪转过身，说：“我妈想跟我说几句话，她要你们先回避一下。”

霍元彪妻子一下子情绪激动起来，她摆了哭腔说：“妈，你没事吧？”

医生摇了摇头，边走边说：“如果有情况，马上过来找我。”

邻床那位病人也觉得很是好奇，正张着嘴巴往这边看。老太太要霍元彪把门关上，然后又提示霍元彪：“旁边有人在偷听。”霍元彪对旁边那位企图偷听的病友说：同志，“请你把脸侧过去，我妈要跟我说句话。”

旁边那位病友配合性地翻了一下身，背对着这边。

老太太把霍元彪的耳朵扯到嘴前，说：“其实，我根本就没什么大病，我这头晕，我自己知道怎么治。”

霍元彪“啊”了一声，想说点什么，又被老太太扯住了耳朵。老太太轻声说：“你家里有麻将吗？”

霍元彪小声回答说：“没有。”

老太太说：“你给我弄七八颗麻将子来，条子、万子、饼子各几颗。”

霍元彪睁大眼睛说：“干什么？”

老太太说：“你别问干什么，快去吧！要保密！”

霍元彪满头雾水地点着头，然后急匆匆出门。妻子在门外叫住了他，说：“你现在去哪？”

霍元彪说：“你不要问了，你先进去看看妈吧。”

霍元彪妻子听他这么一说，悲情又涌上来了。她含着泪走进去，叫道：“妈——”

老太太说：“我好好的，只是有点头晕，你干嘛丧着脸？真是的。”

半小时后，霍元彪满头大汗走进来。趁人不注意时，他把弄来的七八颗麻将子悄悄塞进老太太被窝里。老太太双手捏着麻将子，眼珠子越来越亮。没多久，老太太说：“快把我扶起来试一下。”霍元彪夫妇将她扶起来。老太太说：“现在好多了，天花板也不动了。”

又过了半小时，老太太对女儿说：“冬梅，你去跟医生说一声，我要出院了。”

霍元彪妻子说：“妈，你就再住两天吧。”

老太太有些不高兴，她说：“你真希望妈把头睡扁吗？快去吧！”

霍元彪妻子把主治医生叫过来。主治医生说：“老人家，现在好多了吧？”

老太太说：“好了，不晕了。”

主治医生说：“我早就告诉你，你没什么大问题，住两天就会好的。”

老太太说：“这我知道。”

下床的时候，冬梅给老太太穿衣服。老太太左手不小心松了一下，几颗麻将子清脆悦耳地捶打在水泥地板上。

医生说：“这是什么东西？”

邻床病友把头伸了下去，说：“是麻将子呢，八万，五饼，幺鸡，南风。”

老太太麻利地伏下去捡。

医生惊讶地说：“你从哪里弄来的麻将？”

霍元彪欲说不能。

老太太说：“是我让他弄来的。告诉你们吧，我只要三天没摸麻将，我就头晕，刚才我在被窝里摸了半个小时，现在就好多了。我早就告诉你们了，医院是治不好我的头晕的。”

主治医生站在那里，头脑一片空白。